Olvida mi pasado

Sarah M. Anderson

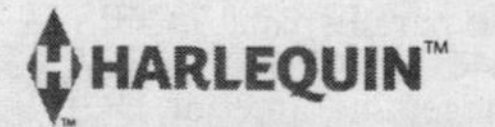

Editado por Harlequin Ibérica.
Una división de HarperCollins Ibérica, S.A.
Núñez de Balboa, 56
28001 Madrid

Olvida mi pasado, n.º 144 - 17.8.17
Título original: A Beaumont Christmas Wedding
Publicada originalmente por Harlequin Enterprises, Ltd.

I.S.B.N.: 978-84-687-9800-4
Depósito legal: M-15505-2017
Impresión en CPI (Barcelona)
Fecha impresion para Argentina: 13.2.18
Distribuidor exclusivo para España: LOGISTA
Distribuidores para México: CODIPLYRSA y Despacho Flores
Distribuidores para Argentina: Interior, DGP, S.A. Alvarado 2118.
Cap. Fed./Buenos Aires y Gran Buenos Aires, VACCARO HNOS.

Capítulo Uno

Matthew Beaumont se sorprendió al ver su correo electrónico. Las aves de rapiña estaban al acecho. Aunque esperaba que así fuera, el enorme volumen de mensajes pidiendo más información era impresionante. Había correos de las principales publicaciones y páginas web, todos ellos enviados en los últimos veinte minutos.

Todos querían saber lo mismo: ¿quién demonios era Jo Spears, la afortunada que con su matrimonio iba a entrar a formar parte de la familia Beaumont y de su fortuna? ¿Y por qué su hermano Phillip Beaumont, conocido playboy, había elegido a una mujer desconocida cuando podía haber tenido supermodelos y estrellas de Hollywood?

Matthew se frotó las sienes. La verdad era bastante más aburrida. Jo Spears era una adiestradora de caballos que había pasado los últimos diez años entrenando a algunos de los caballos más valiosos del mundo. No había mucho más que contar a los medios del chismorreo.

Pero si los periodistas indagaban y establecían la conexión entre Jo Spears, la adiestradora de caballos, y Joanna Spears, acabarían dando con una noticia publicada hacía una década sobre un accidente en el que el conductor había muerto por conducir borracho y Joanna era la pasajera. Quizá incluso dieran con la gente que había conocido a la Joanna de aquella época alocada.

Podrían convertir la boda en un circo.

Un nuevo correo electrónico entró. Era de *Vanity Fair.* Leyó el mensaje. Excelente, enviarían a un fotógrafo si accedía a que un reportero asistiera como invitado.

Matthew sabía que la única manera de evitar que aquella boda se convirtiera en un circo era controlando el mensaje. Tenía que combatir el fuego con fuego, y si eso suponía meter a la prensa en la boda, así se haría.

Era estupendo que Phillip fuera a casarse. Por primera vez en su vida, Matthew estaba convencido de que todo iba a salirle bien a su hermano. Pero para Matthew, la boda significaba mucho más que el sagrado matrimonio del hermano al que estaba más unido.

Aquella boda era una oportunidad única en el mundo de las relaciones públicas. Matthew tenía que demostrarle al mundo que la familia Beaumont estaba más unida que nunca y que no había disputas en su seno.

Era de dominio público que los Beaumont, en otra época la familia más influyente de Dénver, había caído tan bajo que nunca volvería a recuperar su posición.

Al infierno con lo que pensaran los demás.

Aquella era la ocasión para que Matthew demostrara su valía, no solo ante los ojos de la prensa sino ante los de su familia. Les demostraría de una vez por todas que ya no era aquel hijo ilegítimo que se había convertido en un Beaumont tardío. Era uno de ellos, y aquella era la oportunidad de borrar las desafortunadas circunstancias de su nacimiento de la mente de todos.

Una boda perfectamente organizada mostraría al mundo que, en vez de desmoronarse, la familia Beaumont estaba más unida y fuerte que nunca. Y dependía de Matthew, el anterior vicepresidente de las relaciones públicas de la cervecera Beaumont y actual jefe de marketing de Cervezas Percherón, hacerlo realidad.

Despertar expectación era una de las cosas que Matthew hacía mejor, y era el único de la familia que tenía contactos en la prensa para conseguirlo.

«Si controlas la prensa, controlas el mundo. Así es como un Beaumont consigue lo que quiere».

Las palabras de Hardwick Beaumont surgieron en su mente. Con cada escándalo que había conseguido frenar, su padre le había dicho eso. En aquellas escasas ocasiones en que Hardwick había felicitado a su ignorado tercer hijo, le había hecho sentir todo un Beaumont en lugar del bastardo que durante una época había sido.

Matthew había llegado a ser muy bueno controlando la prensa, y no estaba dispuesto a decaer. Aquella boda demostraría no solo que los Beaumont seguían teniendo su hueco, sino que él también tenía el suyo en aquella familia. Podía recuperar el prestigio de los Beaumont y, al hacerlo, redimirse.

Había contratado a la mejor organizadora de

bodas de Dénver. Habían reservado la capilla del campus de la universidad de Colorado Heights y habían invitado a doscientas personas a la boda. La recepción sería en Mile High Station, adonde los felices recién casados llegarían en un carruaje tirado por un par de percherones. Ya habían elegido el menú, encargado el pastel y el fotógrafo estaba avisado. Matthew contaba con la promesa de las cuatro exexposas de su padre y de sus nueve hermanastros de que se comportarían.

Las únicas que escapaban a su control eran la novia y su dama de honor, una mujer llamada Whitney Maddox.

Jo le había contado que era una criadora de caballos que llevaba una vida tranquila en California, así que Matthew no preveía que fuera a dar problemas. Iba llegar dos semanas antes de la boda y se quedaría en el rancho con Jo y Phillip. Así podría ocuparse de todas las cosas que las damas de honor hacían, como ir a las pruebas del vestido y disfrutar de la fiesta de despedida de soltera. Todo lo cual había sido organizado con antelación por Matthew y la organizadora de bodas. Nada podía salir mal.

La boda tenía que ser perfecta. Había que demostrarle al resto del mundo que los Beaumont seguían siendo una gran familia.

Lo que importaba era que Matthew apareciera como un legítimo Beaumont.

Abrió un nuevo documento en la pantalla y empezó a escribir un comunicado de prensa como si su vida dependiera de ello.

***

Whitney se detuvo ante el edificio que parecía la fusión de tres diferentes. No podía ponerse nerviosa por las dos semanas que iba a pasar en casa de un extraño ni por la prensa que acudiría a aquella boda navideña de los Beaumont.

Sabía quién era Phillip Beaumont. ¿Acaso no lo conocía todo el mundo? Era el atractivo rostro de la cervecera Beaumont, o al menos lo había sido hasta que su familia había vendido la compañía. Jo Spears era una buena amiga, probablemente la mejor amiga que tenía, por no decir la única. Jo conocía bien su pasado y no le importaba. A cambio de su amistad incondicional, tenía que hacer de tripas corazón y ser su dama de honor.

Era la boda del año, con cientos de invitados, fotógrafos, prensa y...

Jo salió a recibirla.

–¡No has cambiado nada! –exclamó Whitney cerrando la puerta del coche.

Sintió un escalofrío. El diciembre de Dénver era completamente diferente al de California.

Jo sonrió y le dio un abrazo de bienvenida a Whitney.

–¿Qué tal el viaje?

–Largo –contestó Whitney–. Por eso he venido sola. Pensaba traer a los caballos, pero hace demasiado frío aquí para que pasen tanto tiempo en un remolque y a mis perros no les gusta viajar en coche.

Le habría gustado llevar a Fifi o a Gater, los perros con los que vivía y que tanta compañía le hacían. Pero a Fifi no le sentaban bien los viajes y Gater no iba a ninguna parte sin Fifi.

A los animales no les importaba quiénes fueran sus dueños. Ellos no leían titulares. Les daba igual las veces que hubieran sido arrestados por conducir borrachos. Lo único que les importaba era ser alimentados y que les acariciaran las orejas.

Además, Whitney estaba de vacaciones, unas vacaciones con boda incluida. Iría de turismo a Dénver, se haría la manicura y se divertiría. No le parecía bien llevarse a los perros para tenerlos encerrados en una habitación la mayor parte del tiempo.

–¿Quién va a cuidar de ellos? –preguntó Jo mientras la observaba sacar el equipaje del maletero.

–Donald, ¿te acuerdas de él? Del rancho de al lado.

–¿El viejo cascarrabias al que no le gusta ver televisión?

Jo y Whitney intercambiaron una mirada. En ese momento, Whitney se alegró de haber ido. Jo la entendía mejor que nadie.

El resto de la gente pensaba que Donald estaba al borde de la locura, que se trataba de un viejo *hippie* que en los años sesenta había abusado demasiado de las drogas. Vivía sin electricidad, hablaba con los animales y discutía con la madre naturaleza como si la tuviera delante. Lo cual suponía que Donald no estaba al tanto de lo que ocurría, por lo que tampoco sabía quién era Whitney o quién había sido. Donald la consideraba simplemente la vecina que debería instalar más paneles solares en el tejado de su granero y sanitarios de compostaje.

Iba a echar de menos a sus animales, pero conociendo a Donald, seguramente en aquel momento estaría sentado en el suelo del picadero, contándoles a sus caballos cuentos para dormir.

Además, no podía perderse la boda de su mejor amiga.

–¿Qué es eso que he oído sobre Phillip Beaumont y tú?

Jo sonrió.

–Vamos –dijo cargando con uno de los bolsos de viaje de su amiga–. Cenaremos dentro de una hora y nos pondremos al día.

Luego acompañó a Whitney al interior. Toda la casa estaba decorada con lazos rojos y ramas de pino. Un enorme árbol con luces blancas y rojas, con la mayor estrella que Whitney había visto jamás, se erguía junto a un ventanal. El lugar rezumaba un rústico encanto navideño y sonrió para sí. Iban a ser unas maravillosas navidades.

Un pequeño animal oscuro con unas orejas muy largas apareció a su lado y la olió.

–Hola, pequeña Betty –dijo Whitney, y le acarició las orejas–. ¿Te acuerdas de mí? Pasaste una buena temporada en mi sofá el invierno pasado.

–Si no lo recuerdo mal –comentó Jo, dejando en el suelo la bolsa de Whitney–, a tus cachorros no les gustaba tener un burro en casa.

–No, no demasiado –convino Whitney.

A Fifi no le había importado que estuviera allí, siempre y cuando Betty no se metiera en su lecho, pero Gater se había tomado como un insulto el que Whitney hubiera permitido un animal de pezuñas en la casa. En opinión de Gater, debería haberse quedado en la cuadra.

Betty se frotó con las piernas de Whitney para que la acariciara.

–No vas a creértelo –dijo Jo mientras se ocupaba de otra de las maletas de Whitney–. Matthew quiere que recorra el pasillo hasta el altar. Ha preparado una cesta para que lleve pétalos y le va a ajustar un cojín para los anillos. La niña de las flores irá a su lado, lanzando los pétalos. Dice que va a ser una imagen impactante.

Whitney parpadeó.

–Espera... ¿Matthew? Pensé que ibas a casarte con Phillip.

–Y así es.

Un atractivo hombre alto y rubio entró en la estancia, y al instante lo reconoció.

–Hola –añadió sonriendo, acercándose a la recién llegada y extendiendo la mano–. Soy Phillip Beaumont.

Así que aquel era Phillip Beaumont. Habiendo sido famosa en otra época, no se dejaba impresionar con facilidad. Pero por la manera tan intensa en la que Phillip la estaba mirando, por un momento se olvidó incluso de su propio nombre.

–Tú debes de ser Whitney Maddox –continuó–. Jo me ha hablado de la temporada que pasó contigo el invierno pasado y de esos preciosos Trakehner que crías.

–Pride y Joy –dijo Whitney sacudiendo la cabeza.

Phillip era un conocido caballista, y hablar de caballos resultaba un tema de conversación apropiado.

–¿El semental que ganó el oro en el Campeonato Mundial Ecuestre? No tengo ningún Trakehner y creo que debería hacer algo al respecto.

Phillip le sonrió y Whitney se dio cuenta de que no le había soltado la mano. Volvió la vista hacia su amiga, sin saber muy bien qué hacer. Jo sonrió y tomó del brazo a su prometido.

–Phillip, te presento a Whitney. Whitney, este es Phillip.

Whitney asintió, tratando de recordar las más elementales normas de cortesía.

–Es un placer. Enhorabuena por la boda.

Phillip le sonrió, pero enseguida le dedicó aquella sonrisa irresistible a Jo.

–Gracias.

Se quedaron mirándose unos segundos. Era evidente que se adoraban, y Whitney apartó la mirada.

Hacia mucho tiempo que ningún hombre la miraba a ella así. Lo cierto era que ni siquiera estaba segura de que Drako Evans la hubiera mirado alguna vez así. Su breve compromiso no había tenido nada que ver con el amor. Lo habían hecho simplemente para fastidiar a sus padres, y había funcionado. Los titulares habían sido espectaculares, y quizá por eso todavía la obsesionaban.

Mientras acariciaba a Betty reparó en que la mesa estaba puesta para cuatro. También percibió el olor a comida, a lasaña y a pan horneándose.

–En unos cuarenta minutos, Matthew estará

aquí para la cena –dijo Phillip mirándola con sus penetrantes ojos azules.

–¿Quién es Matthew?

–Matthew Beaumont, mi hermano pequeño y padrino.

–Ah.

–Se ha encargado de organizar la boda –continuó Phillip como si tal cosa.

–Está convencido de que es la boda del año –dijo Jo–. Ya le he dicho que no me importa si nos casa un juez o si...

–O si huimos a Las Vegas para casarnos –la interrumpió Phillip, tomándola por la cintura y estrechándola contra él.

–Pero insiste en que tiene que ser una gran boda al estilo Beaumont, y como a partir de ahora voy a convertirme en una Beaumont... Se está ocupando de todo y va a ser un espectáculo.

Whitney se quedó mirando a Jo y Phillip sin saber qué decir. La Jo que conocía no permitiría que nadie la obligara a celebrar una boda por todo lo alto.

–Va a ser increíble –continuó Jo–. La capilla es preciosa y un carruaje tirado por percherones va a llevarnos desde allí a la recepción. El fotógrafo es muy bueno y el vestido..., ya lo verás mañana. Tenemos una prueba a las diez.

–Parece que todo va a ser perfecto –comentó Whitney.

Lo decía de verdad. Una boda en Navidad, carruajes tirados por caballos, vestidos...

–Será mejor que así sea –dijo Phillip.

–Te enseñaré tu habitación –anunció Jo, tomando la bolsa de viaje.

A Whitney le pareció bien. Necesitaba un momento para poner en orden sus pensamientos. Llevaba una vida tranquila sin tener que preocuparse por relaciones familiares o por acontecimientos sociales. De lo único que tenía que preocuparse cuando estaba en su rancho era de que Donald no la sermonease demasiado.

Jo la llevó por la casa, mostrándole las partes que eran originales y las que habían sido añadidas posteriormente, que eran la mayoría. También le enseñó la habitación que Phillip había mandado construir, con una bañera al aire libre.

Volvieron a cambiar de pasillo y aparecieron en la zona construida en los años setenta. Allí estaban las habitaciones de invitados según le explicó Jo. Whitney contaba con un cuarto de baño privado y estaba lo suficientemente apartado del resto como para no oír a nadie más.

Jo abrió una puerta y encendió la luz. Whitney esperaba encontrarse una habitación con decoración de los años setenta, pero lo que se encontró fueron motivos navideños rojos y verdes. Sobre la encimera de la chimenea había ramas frescas de pino.

Jo se acercó a la chimenea y apretó un interruptor. Al instante unas llamas recobraron vida. Al otro lado de la cama había una cómoda.

–Ahí tienes mantas extras. Aquí hace más frío que en tu rancho.

–Bueno es saberlo.

Whitney dejó su bolsa de viaje a los pies de la cama. Una pequeña mesa y una butaca eran los únicos muebles de la habitación. Parecía un lugar perfecto para pasar el invierno.

–Así que Phillip y tú…

–Sí, Phillip y yo –dijo Jo como si aún le costara creerlo–. Es… Bueno, ya lo has visto en acción. Tiene una manera de mirar a las mujeres que resulta… sugerente.

–Así que no me lo estaba imaginando.

Jo rio.

–No, así es él.

Aquello no explicaba cómo Jo había acabado con Phillip. De todos los hombres del mundo, habría puesto a un playboy juerguista al final de la lista de posibles candidatos a marido de Jo. Pero Whitney no sabía cómo hacer la pregunta sin que se entendiera mal.

Era posible que el Phillip que había visto en la cocina fuera muy diferente al que salía en la prensa. Quizá todo se tergiversaba tanto que lo único que compartían era el nombre. Whitney sabía mejor que nadie que esas cosas pasaban.

–Tiene un caballo que se llama Sun, Kandar´s Golden Sun.

Whitney la miró con los ojos abiertos como platos.

–Espera, he oído hablar de ese caballo. ¿No es el que se vendió por siete millones de dólares?

–Sí, estaba hecho un desastre –explicó sonriendo para sí–. ¿Sabes? Tardé una semana en conseguir que se quedara quieto.

Whitney trató de imaginarse un caballo así de alterado. Cuando Jo había ido a su rancho para ocuparse de Sterling, aquel caballo suyo que había desarrollado un miedo irracional al agua, apenas había tardado unas horas en permitir que Jo le acariciase.

–¿Una semana?

–Cualquier otro caballo habría muerto de agotamiento, pero por eso Sun es especial. Si quieres, podemos ir a verlo después de cenar. Es un semental magnífico.

–¿Así que fue ese caballo el que os unió?

Jo asintió.

–Conozco la reputación que tenía Phillip. En parte, es por eso por lo que Matthew ha insistido en que celebremos una boda a lo grande, para demostrarle al mundo que Phillip va a asumir un compromiso. Lleva sobrio siete meses. Su terapeuta estará cerca durante la recepción –explicó Jo, y se sonrojó–. Si quieres…

Whitney sacudió la cabeza. No era la única que tenía problemas para hablar de sus preocupaciones.

–No creo que vaya a haber problemas. Llevo limpia casi once años. ¿Sabe Phillip quién soy?

–Claro –contestó Jo arqueando una ceja–. Eres Whitney Maddox, la conocida criadora de caballos.

–No, no digo eso. Me refiero a… Bueno, ya sabes a qué me refiero.

–Lo sabe. Pero ambos sabemos que el pasado es simplemente eso, el pasado.

Whitney suspiró, sintiéndose aliviada.

–Eso está bien, muy bien. No quiero ser un incordio, es tu gran día.

–No habrá ningún problema –le aseguró Jo–. Y tienes razón, va a ser un gran día.

Ambas rieron. Le gustaba volver a reírse con Jo. Apenas habían pasado dos meses juntas el año pasado, pero habían congeniado a la perfección porque las dos habían tenido que superar un pasado. Después de ayudar a Sterling a superar sus miedos, Jo se había quedado durante una temporada y le había enseñado a Whitney algunas de sus técnicas de entrenamiento. Habían sido dos buenos meses. Por primera vez en mucho tiempo, Whitney no se había sentido tan sola.

Y ahora, volvería a disfrutar de la misma sensación durante dos semanas.

–¿De veras? Debe de ser una familia poco usual.

Jo volvió a reír.

–Son muchos, pero en términos generales, no son mala gente. Como Matthew. Puede ser un poco manipulador, pero lo único que quiere es lo mejor para la familia –dijo poniéndose de pie–. Te dejaré para que te pongas cómoda. Matthew debe de estar a punto de llegar.

Jo cerró la puerta al salir, dejando a Whitney a solas con sus pensamientos. Se alegraba de haber ido. Aquello era lo que quería, sentirse normal, ser normal. Quería ser capaz de entrar en una habitación y no preocuparse por lo que pensaran de ella. Quería que la gente, al igual que había hecho Phillip, la aceptara como era y la hiciera sentir bienvenida.

¿Qué aspecto tendría Matthew Beaumont? O más bien, ¿cómo se comportaría? Los hermanos solían parecerse, ¿no?

¿Y si Matthew Beaumont la miraba del mismo modo que su hermano, sin preocuparse de quién había sido en el pasado? ¿Y si le hablaba sobre caballos y no sobre las noticias que aparecían en la prensa? ¿Y si estaba soltero?

Whitney no solía ir por ahí acostándose con cualquiera. Esa parte de su vida estaba enterrada. Pero un poco de romance entre la dama de honor y el padrino no estaría mal, ¿no? Podía ser divertido.

Se fue al cuarto de baño, deseando que aquel Matthew Beaumont fuera soltero. Estaría en la cena y, al parecer, iba a participar en muchas de las actividades que estaban programadas. Ella estaría allí dos semanas. Quizá, tener el tiempo limitado fuera bueno. Así, si las cosas no iban bien, tendría una salida, la de volver a casa.

Aun así, hacía once años que no tenía una relación con el sexo opuesto. Tal vez no fuera tan buena idea tener una aventura con el padrino.

Se lavó la cara. Si pretendía flirtear con Matthew Beaumont, lo menos que podía hacer era pintarse los ojos. Whitney se retocó el maquillaje y decidió cambiarse la blusa. Sacó una de seda negra, pero la descartó. Después de todo, Jo estaba en vaqueros y camisa de franela. Era una cena informal. Al final, optó por un jersey de cachemir con cuello de pico, perfecto para que un hombre soltero y guapo lo rozara accidentalmente.

¿Sería Matthew rubio como Phillip? ¿Tendría la misma sonrisa y los mismos ojos azules? Se estaba peinando su corta melena cuando se oyó una campana en el interior de la casa.

Se aplicó un poco de brillo en los labios y salió de la habitación. Trató de deshacer el camino, pero se perdió. La casa estaba llena de pasillos en todas direcciones. Tomó una escalera, pero fue a dar ante una puerta cerrada con llave. Volvió sobre sus pasos, tratando de mantener la calma. Con un poco de suerte, nadie la estaría esperando abajo.

Encontró otra escalera, pero no le resultó más familiar que la primera. Acababa en una habitación oscura. Whitney prefirió volver antes de dar un traspié en mitad de la oscuridad. No debería haber tardado tanto tiempo en prepararse. Debería haber bajado con Jo o haberle pedido indicaciones por escrito. Le daba vergüenza haberse perdido.

Volvió a su habitación, tomó la dirección opuesta y se sintió aliviada cuando por fin pasó por el dormitorio principal. Quizá no se le había hecho tan tarde.

Oyó voces y reconoció a Jo, Phillip y otra voz profunda que debía de ser la de Matthew.

Se apresuró para bajar los escalones y recordó que quería causar buena impresión. No quedaría bien aparecer corriendo como una alocada adolescente. Tenía que aminorar la marcha para hacer una entrada como era debido.

Se detuvo a mitad de un escalón y perdió el paso. Trastabilló en los dos últimos escalones antes de aparecer en el salón y se preparó para el impacto.

Pero en vez de caer al suelo o chocarse contra algún mueble, un par de brazos fuertes la sujetaron contra un pecho ancho y cálido.

–Cuidado –dijo la voz que salía de aquel pecho.

Whitney se encontró con un par de intensos ojos azules. El hombre le dedicó una sonrisa y esta vez no sintió que fuera a olvidarse de su propio nombre. Lo que sintió fue que nunca olvidaría aquel momento.

–La tengo.

Reparó en que no era rubio, sino castaño, y en que la estaba sujetando. La había rodeado con sus brazos por la cintura y la estaba ayudando a enderezarse. Se sentía segura y era una sensación deliciosa.

Entonces, sin previo aviso, todo cambió. Su cálida sonrisa se congeló y su mirada se volvió dura. Sus fuertes brazos se convirtieron en barras de hierro alrededor de ella y lo siguiente que notó fue que la estaba apartando.

Matthew Beaumont se alejó un paso de ella. Con una mirada que solo podía describirse como despiadada, se volvió hacia Phillip y Jo.

–¿Qué está haciendo Whitney Wildz aquí? –preguntó con desagrado.

Capítulo Dos

Matthew se quedó a la espera de una respuesta. Ya podía ser buena. ¿Qué explicación posible había para que la antigua estrella adolescente Whitney Wildz estuviera en casa de Phillip?

–Matthew –dijo Jo en tono gélido–, te presento a mi dama de honor, Whitney Maddox.

–No seas imbécil –intervino Phillip, hablando entre dientes.

–Whitney –continuó Jo, como si Phillip no hubiera dicho nada–, él es Matthew Beaumont, el hermano de Phillip y el padrino de la boda.

–¿Maddox?

Matthew se volvió hacia la mujer. El nombre de pila coincidía. ¿Podía ser un error? No, allí estaba aquel mechón blanco de su pelo y aquellos enormes ojos claros en contraste con su piel marfil.

–Eres Whitney Wildz, te reconocería en cualquier parte.

Ella cerró los ojos y ladeó la cabeza como si acabara de recibir una bofetada.

–Esfuérzate más –le susurró Phillip al oído y, levantando la voz, añadió:– La cena está lista. Whitney, ¿te apetece un té helado?

Whitney Wildz abrió los ojos. Matthew no tenía ninguna duda de quién era.

–Gracias –dijo ella con voz entrecortada, y pasó a su lado, rodeándolo.

Los recuerdos lo asaltaron. Había visto su programa *Creciendo con Wildz* con Frances y Byron, sus hermanos pequeños. Incluso había comprado entradas para el concierto que había dado en Dénver y había llevado a los gemelos el día en que su padre se había olvidado de que cumplían quince años. Matthew había sido muy atento con sus hermanos pequeños.

Lo cierto era que nunca se había perdido el programa por verla a ella. Y ahora, ella estaba allí.

Aquello no era bueno, era probablemente lo peor para la boda. Hubiera sido más fácil que Phillip se hubiera acostado con ella. Ese tipo de cosas eran fáciles de acallar. Matthew tenía mucha práctica encubriendo las indiscreciones de su padre.

Pero tener a Whitney Wildz delante del altar, frente a la prensa y los fotógrafos, junto al resto de invitados...

Trató de recordar la última vez que había leído algo sobre ella. En un concierto, había dado un traspié al subir al escenario y había tropezado con el estrado, llevándose por delante el podio y empotrándolo contra una mesa. Se había comentado que estaba borracha, drogada o ambas cosas.

Y justo esa noche había tropezado en la escalera y había ido a parar a sus brazos. Había estado encantado de tener a una mujer tan guapa en los brazos. La caída había hecho que sus cuerpos se tocaran, provocándole una respuesta que se había apoderado de su cuerpo sin que pudiera evitarlo.

Sí, su cuerpo había reaccionado. Al fin y al cabo, era un hombre. Entonces, la había reconocido.

¿Qué pasaría si tropezara en el pasillo, camino al altar? Sería un desastre de dimensiones épicas. Aquella mujer iba a echar al traste sus planes. Si no conseguía sacar adelante la boda, ¿podría considerarse un verdadero Beaumont?

Phillip tiró de él hacia la mesa.

–Por el amor de Dios –le dijo al oído–, compórtate como un caballero.

Matthew se soltó.

–¿Por qué no me lo habías contado? –contestó susurrando–. ¿Sabes lo que esto supone para la boda?

Al otro lado de la habitación, Jo estaba sacando una jarra de té helado de la nevera. Whitney estaba a su lado, con la cabeza gacha y los brazos alrededor de su fina cintura.

Por un segundo se sintió mal. La mujer que estaba a unos metros de él no se parecía a Whitney Wildz. Tenía la delicada estructura ósea de Whitney, el mismo rostro en forma de corazón y el pelo negro con su característico mechón blanco. Pero lucía una melena corta lisa y no aquella llamativa permanente con mechones rosas y azules. Los vaqueros y el jersey le sentaban bien y eran bonitos, nada parecidos a los vaqueros rotos y las camisetas punk que siempre llevaba en el programa. Además, se comportaba con corrección. Si no hubiera sido por su rostro, por aquellos ojos verdes como el jade y aquel pelo, no la habría reconocido.

–Es amiga de Jo y está aquí para la boda. Whitney Maddox se dedica a la cría de caballos. Olvídate de estas tonterías o tendré que...

–¿Que qué? No has conseguido ganarme en una pelea desde los ochos años y lo sabes.

Phillip le sonrió, aunque su gesto no resultaba afable.

–Ya verás como se lo cuente a Jo. Anda, déjalo ya y sé amable.

Aquello resultaba extraño. Durante mucho tiempo, Matthew había sido el que había reprendido a su hermano por no saberse comportar. Había sido Matthew el que siempre le había sacado de líos, tratando con la prensa y pagando por los platos rotos. Eso era lo que siempre había hecho. En definitiva, quería sentirse orgulloso de su hermano y parecía que Phillip por fin había madurado. Pero por maravilloso que eso fuera, no cambiaba el hecho de que Whitney Wildz no solo iba a cenar con ellos esa noche, sino que iba a asistir a la boda. Tenía que revisar todo lo que había planificado.

–¡A cenar! –exclamó Jo.

–Qué rabia que no tengas cervezas –le dijo a Phillip en voz baja.

–Bienvenido al mundo de los sobrios.

Phillip se dirigió a la mesa, y Matthew lo siguió, pensando en un nuevo plan. Se le ocurrían un par de opciones. Podía seguir el juego de Jo y Phillip y pretender que aquella mujer era Whitney Maddox y no Whitney Wildz. Pero no parecía una buena idea. Después de todo, la había reconocido. En cualquier momento, cualquier otra persona podría reconocerla también e irse todo al traste. La lista de famosos invitados a la boda era larga, pero alguien tan escandaloso como Whitney Wildz podría causar un revuelo hiciera lo que hiciera.

También podía ir un paso por delante y enviar un comunicado de prensa anunciando que Whitney Wildz sería la dama de honor. Si lo hacía con la antelación suficiente, cuando llegara el gran día, el interés habría decaído. Sí, eso funcionaría.

Claro que también podía explotarle en su propia cara. Con aquella boda pretendía demostrarle al mundo que los Beaumont estaban por encima de cualquier escándalo y que estaban más unidos que nunca. ¿Sería posible con Whitney Wildz? Todo lo referente a aquella mujer se convertía en escándalo.

Tomó asiento y a su izquierda se situó Whitney. A la derecha tenía a Phillip. El diminuto burro de Jo se tumbó en el suelo, entre Whitney y él. Al menos, no tendría que mirarla porque frente a él estaba Jo. Forzó la sonrisa que solía esbozar ante los medios cada vez que alguno de sus hermanos se metía en líos y que siempre le funcionaba con los periodistas. Miró a Phillip y luego a Jo. Aquella sonrisa no funcionaba con ellos.

Era consciente de que tenía a Whitney al lado y eso le incomodaba. No quería estar pendiente de ella. Ya no era un adolescente enamorado platónicamente. Ahora era un hombre adulto con problemas de verdad.

Phillip lo estaba fulminando con la mirada y Jo parecía estar a punto de atravesarlo con el cuchillo de la mantequilla, así que decidió hacer acopio de fuerzas y comportarse como todo un caballero. Al fin y al cabo, relacionarse con mujeres formaba parte del legado de los Beaumont, un legado que se había esforzado en hacer suyo. Con aquella boda quería demostrar su legitimidad, y eso era lo que iba a hacer.

Phillip lo miró.

–Bueno, Whitney –comenzó Matthew, en tono amable–. ¿A qué te dedicas ahora?

Ella se sobresaltó al oír su nombre. Jo lo miró arqueando una ceja mientras servía la lasaña.

–Me dedico a criar caballos –contestó tomando un trozo de pan, antes de pasarle la cesta.

–Vaya.

Eso explicaba por qué Jo y ella se conocían.

–¿Qué clase de caballos? –preguntó al ver que no decía nada más.

–Trakehner.

Matthew se quedó a la espera, pero Whitney no dijo nada más.

–Uno de sus caballos ganó el oro en el Campeonato Mundial Ecuestre –dijo Phillip.

–Qué interesante.

–Es increíble –continuó Phillip–. Ninguno de los caballos de papá crio ganó nunca un oro.

Luego, se echó hacia delante, esbozó la característica sonrisa de los Beaumont y miró a Whitney. Algo estalló dentro de Matthew. No le gustaba que Phillip le dedicara una sonrisa así.

–Créeme que lo intentó –añadió Phillip–. Uno de sus fracasos como caballista fue no conseguir ningún oro. Eso, y no ganar la Triple Corona.

Whitney dirigió una mirada de reojo a Matthew antes de volver su atención a Phillip.

–Nadie es perfecto, ¿no?

–Ni siquiera Hardwick Beaumont –convino con un brillo divertido en la mirada–. Eso demuestra que hay cosas que el dinero no puede comprar.

Whitney sonrió. De repente, Matthew sintió ganas de pegarle un puñetazo a su hermano. Así era como Phillip solía dirigirse a las mujeres. Pero con Whitney…

Phillip miró a Matthew. Parecía estarle diciendo con la mirada que se comportara como un caballero.

–Los caballos de Whitney son unos animales preciosos y están muy bien adiestrados. Es muy conocida en el mundo de la hípica.

¿Whitney Wildz era conocida en el mundo de la hípica? Matthew no recordaba ninguna mención a eso en el último artículo que había leído sobre ella, tan solo el ridículo que había hecho.

–¿Cuánto tiempo hace que crías caballos?

–Compré el rancho hace once años –respondió mirando la comida de su plato–. Después de dejar Hollywood.

Así que sí que era Whitney Wildz. Pero ¿once años? Debía de haber algún error. No habían pasado más de dos años desde el último titular.

–¿Dónde está tu rancho?

Si Matthew hubiera sabido quién era realmente, habría hecho algunas averiguaciones. Anticiparse era fundamental para triunfar en el mundo de las relaciones públicas. Era evidente que Matthew no estaba preparado para Whitney, fuera cual fuese su apellido.

–Cerca de Bakersfield. Es una zona muy tranquila.

Entonces, volvió a mirarlo. La expresión de sus ojos lo sorprendió. Parecía desesperada por obtener su aprobación. Conocía muy bien aquella expresión. La había visto en el espejo cada mañana.

¿Por qué buscaba su aprobación? Ella era Whitney Wildz. Siempre había hecho lo que había querido, cuando había querido, sin importarle las consecuencias. Pero no parecía estar trastornada en aquel momento, excepto por el modo en que había ido a parar a sus brazos. Su primera reacción había sido sujetarla, protegerla, tomarla como si fuera suya. ¿Y si…?

No, no podía pensar en eso. Su obligación era para con su familia, asegurarse de que la boda fuera impecable. Debía transmitir el mensaje de que los Beaumont seguían teniendo una posición de poder y demostrarse a sí mismo que era merecedor del legado de su padre. Lo menos que podía hacer era comportarse como un caballero.

–Esa zona es preciosa –comentó Matthew–. Debe de ser un rancho muy agradable.

Los cumplidos eran fundamentales para ganarse a una mujer. Si hubiera sido astuto, lo habría hecho desde el principio.

Las mejillas de Whitney se sonrojaron y Matthew sintió un nudo en el estómago. Estaba muy guapa. Ya no era la cantante punk de cuando veía su programa, sino una mujer delicada y discreta.

«Te tengo».

Aquellas palabras no dejaban de repetirse en su cabeza.

Phillip volvió a darle una patada por debajo de la mesa y le dijo con los labios que dejara de mirarla.

Matthew sacudió la cabeza. No se había dado cuenta de que se había quedado embelesado.

–Matthew, ¿no crees que deberíamos hablar de la boda? –intervino Jo.

Más que una pregunta, era una orden.

–Desde luego –convino–. Tenemos cita con la modista mañana a las diez. Es la última prueba del vestido. Whitney, encargamos tu vestido con las medidas que nos mandaste, pero si es necesario, hay tiempo suficiente para ajustarlo.

–Estupendo –dijo tratando de mostrarse relajada.

–El sábado es la despedida de soltera. Tengo una lista de sitios para que elijas.

–Muy bien –dijo, y se pasó la mano por el pelo.

Matthew contuvo las ganas de hacer lo mismo.

¿Qué le estaba ocurriendo? Había pasado de sentirse atraído por ella a enfadarse con todos los que estaban en aquella habitación. ¿Y ahora quería acariciarle el pelo? Esa era la clase de impulsos por los que Phillip siempre se había dejado llevar, al igual que su padre. Cada vez que habían conocido a una mujer bonita, habían intentado conquistarla, sin preocuparse de nada más. Necesitaba recuperar el control de la situación cuanto antes.

–Tendremos que elegir los zapatos y los accesorios. También el peinado, así que lo haremos después de la prueba del vestido –dijo, y al ver que nadie decía nada, continuó–: La cena de ensayo es el martes y, bueno, ya sabéis que la boda es el día de Nochebuena. Os harán la manicura por la mañana y a continuación os peinarán. Luego, las fotos.

Whitney carraspeó, pero continuó evitando su mirada.

–¿Quién más forma parte del cortejo nupcial?

Quería que lo mirara y perderse en sus ojos.

–Chadwick, nuestro hermano mayor, con su esposa Serena. Frances y Byron entrarán juntos. Son gemelos y cinco años más jóvenes que yo.

Había estado a punto de decir «nosotros», refiriéndose a Phillip y a él, ya que apenas había seis meses de diferencia entre ellos. Pero no había querido recordar la infidelidad de su padre.

–Y, por supuesto, nosotros –añadió Matthew, mostrándose repentinamente muy interesado en su plato.

¿Cómo evitarla si iban a formar pareja en la boda?

No podía distraerse de su objetivo. Quería demostrar que era un auténtico Beaumont; y acostarse con la dama de honor no parecía lo más adecuado.

Matthew alzó la vista al escuchar una silla arrastrar.

–Estoy cansada del viaje –dijo Whitney sin mirarlo–. Si me disculpáis...

Jo fue a levantarse, pero Whitney hizo un gesto con la mano para que no lo hiciera.

–No te preocupes, conozco el camino.

Entonces se fue. Esta vez ni tropezó ni se cayó. Sencillamente, desapareció escalera arriba.

Pasaron unos segundos y nadie parecía dispuesto a romper aquel tenso silencio. Por fin fue Matthew el que habló.

–¿Por qué demonios Whitney Wildz es tu dama de honor? ¿Y por qué no me lo habíais contado antes? Si lo hubiera sabido, habría tomado medidas. ¿Sabéis qué pasará cuando la prensa se entere?

Prefería concentrarse en eso a pararse a pensar en la atracción que sentía y que lo estaba volviendo loco.

–No tengo ni idea. ¿Crees que se preocuparán de algo que pasó hace años, y que harán que Whitney se sienta mal? –preguntó Phillip–. Tienes razón, eso sería terrible.

–Eh, no es culpa mía. Esto ha sido una sorpresa para mí.

–Pensaba que te había dicho que iba a pedirle a Whitney Maddox que fuera mi dama de honor –dijo Jo en un tono seco–. Whitney Wildz es el personaje de ficción de un programa que dejó de emitirse hace más de trece años. Si no sabes ver la diferencia entre una mujer de verdad y un personaje inventado, es tu problema y no el de ella.

–Por supuesto que es mi problema –replicó hablando entre dientes–. No me digas que todo está olvidado. ¿Acaso no lees la prensa?

–¿Qué pasa, que todo lo que publica la prensa es cierto? –preguntó Phillip poniendo los ojos en blanco–. Tú mejor que nadie sabes que las noticias se pueden manipular.

–Es una persona normal –dijo Jo–. Me ocupé de uno de sus caballos y pasé una temporada con ella el invierno pasado. Su único problema es que es un poco patosa cuando se pone nerviosa, eso es todo. Ya verás como todo va bien.

–Eso, si puedes tratarla como a alguien normal –intervino Phillip–. Pensé que se te daba bien leer la mente de la gente y decirles lo que querían escuchar. ¿Qué ha pasado?

Matthew se quedó allí sentado, sintiéndose como un estúpido. Su primer impulso había sido protegerla, y eso debería haber hecho, sin necesidad de descubrir lo que sentía por ella. Tenía que controlar sus emociones y levantar un muro entre el resto del mundo y él. Eso se le daba bien.

Entonces, cometió el error de mirar a aquel estúpido burro, que lo observaba con expresión de reproche. Vaya, incluso aquel animal estaba enfadado con él.

–Debería disculparme con ella.

Se sentía como un idiota y no era normal en él. Chadwick nunca tenía en cuenta los sentimientos de los demás y Phillips era inaguantable porque siempre estaba borracho y seduciendo mujeres. Era él el que se dedicaba a calmar las tempestades y a tranquilizar a todos.

Phillip tenía razón. No se había parado a analizar a aquella mujer que había tenido al lado. Había estado demasiado ocupado recordando titulares como para darse cuenta de que solo quería agradar.

–¿En qué habitación está?

Jo y Phillip intercambiaron una mirada antes de que Phillip contestara.

–En la tuya.

Capítulo Tres

Whitney dio con su habitación a la primera y cerró la puerta después de entrar.

Vaya con la fantasía de tener una aventura navideña. Matthew se había alegrado de verla tanto como si le hubiera vomitado en los zapatos.

Se dio la vuelta en la cama y decidió que no iba a llorar. Aunque era lo que le apetecía, no iba a hacerlo. Después de todo, ya estaba acostumbrada. Todo iba bien hasta que la gente la reconocía.

El caso era que ni siquiera podía culpar a Matthew. Teniendo en cuenta que la había reconocido nada más verla, seguramente había leído alguna de las últimas noticias que se habían publicado sobre ella. Como cuando había asistido a aquella fiesta benéfica para recaudar fondos para un refugio de animales y había tropezado con los cables del micrófono en el podio. Los titulares habían sido crueles. Whitney se estremeció. Iban a ser dos largas e interminables semanas.

Se acababa de levantar para reavivar el fuego de la chimenea cuando oyó que llamaban a la puerta y la alcanzó de un traspié, dándose un sonoro golpe.

¿Por qué no podía caminar a la vez que hacía otra cosa? Era capaz de cantar y tocar la guitarra simultáneamente, y de hacer complicados movimientos a lomos de animales de una tonelada. ¿Por qué no podía dar un paso después de otro?

–¿Va todo bien, eh... señorita Maddox? –preguntó una voz masculina desde el otro lado de la puerta.

Vaya, era Matthew. ¿Qué más podía ir mal? ¿Estaría allí para pedirle que no asistiera a la boda o para amenazarla si no se comportaba?

Decidió no dejarse amilanar. Jo la había invitado a la boda y, a menos que le pidiese lo contrario, asistiría. Rápidamente ordenó sus pensamientos y abrió la puerta.

–Sí, estoy bien, gracias –respondió.

Entonces, cometió el error de mirarlo. Matthew Beaumont era el hombre ideal con el que tener una aventura. Debía de medir al menos un metro ochenta y era ancho de hombros. Aquellos ojos, aquella barbilla, incluso aquel tono castaño rojizo del pelo le daba un porte distinguido.

Era muy atractivo. Lástima que fuera un idiota.

–¿Necesitas algo? –preguntó, decidida a mostrarse cortés.

No quería hacer nada que pudiera tacharla de diva y darle así la razón, aunque no podía negar la satisfacción que le produciría en aquel momento cerrarle la puerta en las narices.

Él sonrió. Aunque fuera más guapo que su hermano, carecía del mismo encanto.

–Creo que hemos empezado con mal pie y... –dijo, y se detuvo al verla hacer una mueca–. Está bien, he empezado con mal pie y quería disculparme. Cuando me di cuenta de quién eras, me precipité sacando conclusiones, y quería pedirte disculpas por ello.

Su voz era fuerte y transmitía seguridad, lo que le hacía mucho más sexy.

¿Hablaba en serio? Eso parecía. Buscó sus manos. Las tenía metidas en los bolsillos del pantalón.

–Es solo que esta boda es muy importante para reconstruir la imagen pública de la familia Beaumont –continuó–, y mi deber es que todo el mundo tenga claro ese mensaje.

–¿La imagen pública? Pensé que todo esto era porque Jo y Phillip iban a contraer matrimonio.

Whitney se recostó en el marco de la puerta. Quizá no fuera un hombre de verdad. Al fin y al cabo, era demasiado guapo para serlo. Además, parecía estar hablando como un marciano.

–Eso también –dijo sonriendo con calidez–. Es solo que... Verás, lo único que pretendo es que no aparezcamos en los titulares por noticias inapropiadas.

Whitney no pudo evitar sentirse avergonzada y apartó la vista. Sabía que estaba siendo amable y que estaba hablando en plural, cuando lo cierto era que se refería a ella.

–Sé que no vas a creerme, pero no tengo ningún interés en aparecer en los titulares. Sería maravilloso que nadie me reconociera.

–Whitney...

La manera suave y tierna en que pronunció su nombre hizo que sus ojos buscaran los de él. Su mirada era penetrante. Por un instante, parecía que fuera a decir algo romántico, algo que no la hiciera sentir como si llevara todo el peso de la boda sobre sus hombros.

Quería escuchar algo que la hiciera sentirse como Whitney Maddox, como si ser Whitney Maddox fuera algo bueno. Y quería oírlo de labios de Matthew, con aquella voz que podía fundir el gélido ambiente invernal.

Se inclinó hacia él sin poder evitarlo. A la vez, los labios de Matthew se abrieron mientras una de sus manos se movía. Entonces, casi a la vez que el movimiento comenzó, se detuvo. Cerró la boca y pareció sorprenderse.

–Nos veremos mañana en la prueba del vestido. Hay que asegurarse de que...

–La imagen de la familia sea impecable –lo interrumpió.

La miró arqueando una ceja. Whitney no sabía si lo había ofendido o le había causado hilaridad.

–Bien, quiero asegurarme de que todo salga perfecto.

–De acuerdo.

Nada de palabras amables. Si había algo que no era, era perfecta.

–¿Solo estarás tú?

La miró como si se sintiera repentinamente dolido. No pudo evitar sonreírle y él le devolvió una sonrisa sincera. Parecían estar coqueteando.

–No, la organizadora de la boda nos acompañará. También estarán la modista y sus ayudantes.

–Ah, claro –dijo apoyándose en la puerta.

¿Estaban flirteando o simplemente estaba siendo amable con ella?

Era muy guapo y transmitía una gran seguridad en sí mismo. No le cabía ninguna duda de que estaba acostumbrado a que se hiciera lo que él decía. Un hombre así era difícil de resistir.

–Entonces, hasta mañana.

–Hasta mañana –dijo, y sonrió antes de darse la vuelta.

Justo cuando ella estaba a punto de cerrar la puerta, Matthew se volvió.

–Whitney –dijo con el mismo tono profundo y sincero–, es todo un placer conocerte.

Entonces, desapareció y ella cerró la puerta.

Sí, iban a ser dos semanas muy interesantes.

–Cuéntame otra vez quién más está en la lista de invitados –dijo Whitney mientras avanzaban por las calles.

–Los Beaumont –respondió Jo con un suspiro–, las cuatro exesposas de Hardwick Beaumont...

–¿Cuatro?

Jo asintió mientras tamborileaba con los dedos en el volante.

–Los nueve hermanos y medio hermanos de Phillip estarán allí, aunque a la ceremonia solo irán los cuatro con los que se crio: Chadwick, Matthew, Frances y Byron.

Whitney emitió un silbido.

–Esos son muchos hijos.

Uno de los motivos por los que había disfrutado haciendo el programa había sido porque, por primera vez, había sentido como si tuviera una familia, unos padres y hermanos que se preocupaban por ella. Aunque solo fuera en su imaginación, era mejor que ser la hija única de Jade Maddox.

¿Diez hijos?

–Y eso sin contar los hijos ilegítimos –dijo Jo en tono de complicidad–. Phillip sabe de la existencia de tres, pero dice que pueden ser muchos más. Creo que el más pequeño tiene diecinueve años.

No pudo evitar sentir curiosidad.

–¿De verdad? ¿Es que ese hombre no había oído hablar de preservativos?

–Le daba igual –respondió Jo–. Entre tú y yo, Hardwick Beaumont era un misógino. Solo le interesaban las mujeres para pasárselo bien. Las consecuencias eran problema de ellas, no de él.

–Parece que era un completo idiota.

–Sí, aunque tengo entendido que como empresario era increíble. A pesar de todo, sus hijos son buena gente. Chadwick es un hueso duro de roer, pero hace buena pareja con Serena. Phillip es... Bueno, Phillip es Phillip –dijo sonriendo–. Matthew puede resultar un tanto odioso, pero es bueno, un poco estricto. Le preocupa la imagen de la familia y quiere que todo sea perfecto.

–Ya me he dado cuenta.

Recordó el momento en que había ido a parar a sus brazos tras tropezar. También la conversación que habían tenido, aquella en la que parecían haber estado flirteando. Y el modo en que había pronunciado su nombre.

–Siento mucho lo de anoche –repitió Jo por milésima vez.

–No te preocupes –dijo Whitney–. Ya se ha disculpado.

–Matthew es muy bueno en lo que hace. Es solo que necesita relajarse un poco y disfrutar.

Whitney se quedó pensativa. ¿Se estaría divirtiendo con aquello? ¿Y con la conversación que habían tenido? No tenía ni idea. Hacía tanto tiempo que ya no recordaba lo que era flirtear.

–Sería más sencillo si me fuese.

Jo rio.

–¿Estás de broma, no? ¿Te he hablado de las exesposas? ¿Sabes quién más va a asistir?

–No.

–El príncipe heredero de Belgravitas.

–¿En serio?

–Sí. Su esposa, la princesa Susanna, fue novia de Phillip.

–¡Anda ya!

–De verdad. Drake, el rapero, también estará. Es amigo de Phillip. A Jay Z y Beyoncé les coincide con algo, pero aun así van a intentar venir.

–¿Hablas en serio?

Sabía que Phillip Beaumont era famoso por los anuncios que hacía y las fiestas a las que iba, pero aquello era una locura.

–Si no vienes, ¿a quién voy a pedirle que te sustituya? De las doscientas personas que asistirán a la ceremonia y de las seiscientas que estarán en la recepción, ¿sabes a cuántas he invitado? A mis padres, a mi abuela Lina, a mis tíos Larry y Penny y a los vecinos de mis padres. Once personas, eso es todo. Sois lo único que tengo, incluyéndote a ti.

Whitney no sabía qué decir. No quería tomar parte en la boda después de lo de la noche anterior, pero Jo era una buena amiga. A ella no le importaba Whitney Wildz ni su programa, y no quería defraudarla.

–Sinceramente –dijo Jo–, habrá tanto ego reunido que dudo que la gente se fije en ti. No te lo tomes a mal, ¿eh?

–Claro que no –dijo Whitney con una sonrisa.

Podía hacerlo, podía pasar desapercibida. Solo tenía que comportarse con naturalidad. No podía competir con aquella lista de invitados. Además, siendo la dama de honor, ¿quién se fijaría en ella?

–Tienes razón. No será como la última gala benéfica a la que asistí.

–Por supuesto que no –dijo Jo en tono alentador–. En aquella ocasión eras la estrella y la gente estaba pendiente de ti. Matthew se comporta así porque es muy perfeccionista. Estoy convencida de que todo va a salir bien –dijo entrando en un aparcamiento–. Ya lo verás.

–Claro que sí –convino Whitney–. Todo irá bien.

Salieron del coche y Whitney se quedó mirando la entrada de la tienda. En cuanto se probara el vestido, no habría vuelta atrás.

Pero ¿a quién pretendía engañar? No se echaría atrás de ninguna manera. Ellas no tenían un gran círculo social ni se movían entre famosos. Eran gente de campo. Jo y ella se llevaban bien porque ambas amaban a los animales y habían cambiado su estilo de vida.

Entraron en la boutique y se encontraron a Matthew paseando entre las filas de vestidos blancos. Vestido con pantalones gris oscuro y camisa con corbata roja bajo un jersey verde, parecía fuera de lugar. Aunque no lo habría creído posible, estaba todavía más guapo que la noche anterior. Mientras contemplaba a Matthew Beaumont, él alzó la vista del teléfono.

Sus miradas se encontraron y se quedó sin respiración. La calidez de sus ojos y la curva de sus labios provocaron que Whitney sintiera que le ardían las mejillas. ¿Se alegraba de verla o estaba malinterpretando las señales?

Luego, Matthew miró a Jo.

–Estaba a punto de llamaros. Jo, te están esperando.

–¿Dónde está la organizadora de la boda? –preguntó Whitney.

Si todavía no había llegado, Jo y ella no llegaban tarde.

–Preparando el vestido de Jo.

Vaya. Whitney dedicó una sonrisa a su amiga, tratando de mostrarse más segura de lo que se sentía. Jo se perdió entre los anaqueles de vestidos y desapareció por un probador. Whitney y Matthew se quedaron a solas. ¿Volvían a flirtear o habían vuelto al momento donde se habían quedado en la cena?

–¿Hay alguien que pueda ayudarme a ponerme este vestido?

–Hacen falta varias personas para que Jo se pueda meter en ese vestido –comentó–. Tu vestido está por allí –añadió indicándole el camino.

–Gracias.

Al pasar junto a él, mantuvo la cabeza alta.

–De nada.

Whitney sintió su aliento en la piel.

Entró en el probador y, una vez cerró la puerta, se quedó apoyada en ella. Parecía más tranquilo que la noche anterior. Durante la cena, había hecho todo lo posible por ocultar la sorpresa e ira que lo habían invadido. Sin embargo, en aquel momento, parecía contento de verla.

Echó un vistazo a la habitación en la que se había encerrado. Era lo suficientemente grande como para albergar un pequeño sofá y una otomana. Delante del espejo de tres cuerpos había un entarimado elevado. Y allí, junto a los espejos, estaba el vestido colgado. Era de seda gris, con mucho vuelo y largo hasta el suelo. No tenía mangas, tan solo un tirante en el hombro izquierdo.

Era impresionante. Nunca había llevado un vestido tan sofisticado, ni siquiera para la alfombra roja. Cuando trabajaba en *Creciendo con Wildz* había tenido que vestir con recato; nada de escotes pronunciados ni tirantes. Y cuando por fin se había librado de todas aquellas restricciones que la habían encorsetado durante años, había optado por un estilo transgresor: faldas muy cortas, ropa negra y camisetas rasgadas con mensajes ofensivos, cualquier cosa que demostrara que había dejado de ser aquella joven impecable.

Y había funcionado muy bien.

Pasó la mano por la seda suave y fría. Era un vestido precioso. Empezaba a sentir cierta emoción.

Antes de que se convirtiera en una obligación, le había gustado jugar a disfrazarse. Quizá aquello resultara divertido.

Junto al vestido, había varios pares de zapatos a juego, algunos con hasta diez centímetros de tacón. Tragó saliva. Era imposible que no tropezara con ellos de camino al altar.

Sería mejor acabar con aquello cuanto antes. Se quitó la parka y el jersey, y luego las botas y los vaqueros.

Al ver su imagen reflejada, decidió que los calcetines también tenían que desaparecer. Además, el sujetador tenía tirantes y el vestido no. Se quitó los calcetines y, antes de pensárselo dos veces, el sujetador. Luego, se puso el vestido por la cabeza, con cuidado de no engancharse con la cremallera.

La seda cayó hasta sus pies y trató de subirse la cremallera, pero los brazos no le daban.

–Necesito ayuda –susurró, rezando para que alguna dependienta o costurera estuviera por allí, aparte de Matthew Beaumont.

–¿Puedo pasar? –preguntó Matthew al otro lado de la puerta.

«Oh, no».

–Sí.

La puerta se abrió y Matthew entró. Lo hizo con la vista fija en el suelo antes de mirar prudentemente a su alrededor. Cuando la vio, esbozó una extraña sonrisa.

–Ah, ahí estás.

¿Dónde si no iba a estar después de los diez minutos que llevaba allí metida?

–Sí, aquí estoy. No puedo subirme la cremallera.

Se acercó a ella y le ofreció su mano, como si la estuviera invitando a bailar.

Resultaba irresistiblemente guapo. Se sentía confusa. Tan pronto se mostraba odioso como natural y sincero al minuto siguiente. No quería que ningún contacto físico entre ellos pudiera confundirla todavía más.

–Solo quiero ayudarte a subir al entarimado –dijo él como si pudiera leer sus pensamientos.

Whitney tomó su mano. Era cálida y fuerte, como sus brazos. La ayudó a subir el pequeño escalón y a colocarse en el centro.

–Ah, los zapatos –dijo antes de soltarla.

–No, la cremallera.

Pero Matthew ya había vuelto junto a los zapatos y los estaba mirando.

Sabía lo que estaba a punto de suceder. Medía un metro sesenta y seguramente elegiría para ella los tacones de diez centímetros para intentar igualarla con la altura de Jo. Entonces, tendría que tragarse su orgullo y decirle que no podía caminar con zapatos tan altos sin riesgo de caerse.

–Estos quedarán bien –dijo él eligiendo un par rosa de cinco centímetros–. Pruébatelos.

–¿Podrías subirme antes la cremallera?

No le gustaría tropezar con aquellos zapatos y que se le cayera el vestido que estaba sujetando.

Matthew le acercó los zapatos y los dejó en el suelo. Luego se irguió. Esta vez, cuando la recorrió con la mirada, pareció gustarle lo que estaba viendo.

Sintió cómo tomaba los bordes del vestido y los unía. Cerró los ojos y sintió cómo los dientes de la cremallera encajaban poco a poco.

Una sensación de calor proveniente de su interior se le extendió por la espalda. Respiró lentamente, sintiendo la seda sobre su piel desnuda. Matthew estaba tan cerca que podía oler su colonia, ligera y con notas de sándalo. Deseaba volverse y olvidarse de si la cremallera había cerrado el vestido o no. Podía dejarse llevar y descubrir si la noche anterior había habido algo más que una simple conversación entre ellos. Claro que a la vista de su primera reacción, pensaría que estaba dispuesta a arruinar aquella boda tan perfecta.

Así que no hizo nada. Matthew le subió la cremallera hasta arriba y luego sintió sus manos alisando el plisado de la espalda y colocando el tirante del hombro. Dejó de respirar al sentir sus manos sobre ella.

Aquello no significaba nada. Era tan solo la obsesión de asegurarse de cada detalle, de que cada plisado estuviera en su sitio.

La rodeó y se colocó a su lado.

–¿No te vas a mirar? –le preguntó con voz cálida y sugerente.

Se había quedado esperando. ¿Qué otra cosa podía hacer?

La imagen que se encontró la hizo ahogar una exclamación. Ante ella tenía a una mujer elegante y sofisticada junto a un hombre atractivo y poderoso. Sabía que el reflejo del espejo era ella, pero no lo parecía.

–Casi perfecta –dijo Matthew, y suspiró satisfecho.

–Es impresionante.

Contuvo el impulso de girarse. Seguramente Matthew, con lo prudente que era, no vería bien que empezara a dar vueltas.

El hombre del espejo le sonrió.

–Te queda largo. Ponte los zapatos.

Entonces, para su sorpresa, se arrodilló y le ofreció un zapato, como si fuera una extraña versión de Cenicienta.

Whitney se recogió la falda y se puso el zapato. Se sentía segura y estable. Luego se puso el otro y trató de olvidar que Matthew estaba a la altura de sus rodillas y que en cualquier momento podía acercarse demasiado al borde del entarimado y caerse.

Cuando se hubo puesto los dos zapatos, Matthew tomó asiento.

–¿Cómo te quedan?

–No están mal –contestó dando un paso hacia atrás–. De hecho, parecen cómodos.

–¿Puedes caminar con ellos o prefieres unos planos?

Whitney se quedó mirándolo sorprendida.

–Jo te ha contado que soy una patosa, ¿verdad?

Él volvió a sonreír, provocando que se le acelerara el pulso.

–Puede que lo haya mencionado.

–Porque pensabas que estaba borracha.

–Para serte sincero, se me pasó por la cabeza la posibilidad de que estuvieras colocada.

Capítulo Cuatro

Whitney lo miró sorprendida y sus delicadas facciones se pusieron tensas. Entonces, sin decir nada más, se volvió hacia el espejo.

–El color te sienta muy bien –dijo él, confiando en que el piropo le agradara.

Pero, por cómo puso los ojos en blanco, no fue así.

¿Por qué no hacía más que meter la pata cada vez que le decía algo a aquella mujer? Probablemente porque no era como imaginaba. La noche anterior se había quedado levantado hasta tarde, buscando información sobre Whitney Maddox. Era una conocida criadora de caballos. Tenía unos ejemplares preciosos e incluso uno de ellos había ganado una medalla de oro. Pero no había encontrado fotografías de Whitney Maddox por ninguna parte.

Claro que la mujer que tenía delante tenía una gran presencia. Todavía sentía un cosquilleo en las manos después de haberle subido la cremallera del vestido. Deseaba bajársela, acariciar aquella piel que había visto desnuda y quitarle las bragas.

Tenía que centrarse en lo importante, que era asegurarse de que aquella mujer, se llamara como se llamase, no estropeara la imagen de perfección que quería transmitir con aquella boda. Eso era en lo que debía concentrarse, y no en el modo en que el vestido se ceñía a sus curvas o en su melena oscura.

–Estás muy guapa con ese vestido –dijo antes de que pudiera pararse a pensar.

Esta vez, Whitney no puso los ojos en blanco, simplemente le dedicó una mirada que dejaba claro que no le creía.

–¿No te parece que estás impresionante?

Ella se quedó mirándolo largos segundos.

–Me estás confundiendo.

Le agradaba su dulce olor a vainilla, y de repente se sentía fascinado por la curva de su cuello. Podía acercar los labios a su piel y ver su reacción a través del espejo. ¿Se ruborizaría? ¿Se apartaría? ¿Se dejaría llevar?

Whitney apartó la mirada.

–Podría cambiar de peinado.

–¿Cómo?

–Podría teñirme de rubia, aunque la última vez que lo hice no me quedó bien –dijo con una sonrisa traviesa–. Por alguna extraña razón, el mechón blanco no se tiñe. Lo he intentado muchas veces, pero no lo he conseguido nunca.

–¿Para qué quieres teñirte el pelo?

No se la imaginaba de rubia. No le parecía bien por varias razones. Su finura y delicadeza desaparecerían como si se tratara de una pintura corrida bajo la lluvia.

–De rubia, nadie me reconocería, nadie sabría que Whitney Wildz estaría allí. De esa manera, si tropiezo con los zapatos o se me cae el ramo, la gente pensará que soy torpe y no que estoy colocada, como creen siempre.

–No te cambies el pelo –dijo.

Alargó una mano y le retiró un mechón de pelo de la cara.

No se apartó de él, pero tampoco inclinó el rostro hacia su mano. No sabía si eso era bueno o no.

–Pero…

–La gente me reconocerá. Pensaba que no querías que eso pasara.

–Lo dices como si fuera algo malo.

Whitney buscó su mirada en el espejo.

–¿No lo es?

Dio un paso hacia ella y se acercó lo suficiente como para deslizar la mano por su pelo y su cuello hasta bajar por su brazo. No pudo evitar hacerlo, algo que le resultaba completamente novedoso porque siempre había sido capaz de contenerse. Nunca se había dejado llevar por algo tan frugal como una emoción. Conocía de primera mano las consecuencias de dejarse arrastrar por la atracción, de romper matrimonios y dejar atrás hijos bastardos, hijos que serían ignorados.

Con el fantasma de su padre planeando a su alrededor, Matthew se las arregló para recuperar el control. No le acarició el brazo ni la atrajo hacia su pecho. En vez de eso, se limitó a colocarle el tirante del hombro. Ella lo observaba por el espejo, con los ojos abiertos como platos.

–Estás muy guapa.

Lo dijo en tono suave y seductor. No parecía Matthew el que había hablado.

Ella respiró hondo y Matthew reparó en el sugerente movimiento de sus pechos. Deseaba tomarla entre sus brazos y decirle que había estado enamorado de ella en la época en la que hacía el programa. Quería quitarle el vestido y meterla en su cama.

Pero no hizo nada de eso.

Dio un paso atrás y trató de mirarla con objetividad. Aunque menos con los tacones, el vestido seguía quedándole largo. Había que meterle el bajo, pero antes tenían que decidir qué zapatos llevaría.

–A ver cómo caminas con esos.

Matthew le ofreció su brazo. Cuando acabara la ceremonia, tendrían que recorrer el pasillo juntos desde el altar. Mejor que fueran acostumbrándose.

Después de una breve pausa, ella lo tomó del codo y, tras subirse la falda con la otra mano, se bajó del entarimado. Se dirigieron a la puerta y él se la abrió.

Ella lo precedió. El vestido ondulaba alrededor de sus piernas tal y como él quería. Matthew tomó un ramo de flores artificiales de una mesa cercana y se lo dio.

–Pasos lentos, sonrisa amplia.

–De acuerdo –dijo ella, curvando las comisuras de los labios–. Nada de movimientos bruscos, entendido.

Whitney avanzó por el pasillo y luego hizo el recorrido de vuelta con una amplia sonrisa forzada. Cuando estaba a punto de llegar a su altura, pisó el bajo del vestido y tropezó. El ramo salió volando.

Matthew la sujetó por los brazos.

–Lo siento –murmuró ella mientras la ayudaba a recuperar el equilibrio.

–No te preocupes.

–¿Cómo estás tan seguro de que hoy no estoy colocada?

Sin soltarla, se inclinó hacia delante y le olió el aliento.

–No hay rastro de alcohol –dijo mirándole los labios.

Whitney ahogó una exclamación. Entonces, Matthew la obligó a levantar la cabeza hasta que no le quedó más remedio que mirarlo a los ojos. Después de años ocupándose de Phillip cuando estaba borracho, había aprendido a reconocer las señales.

–No has tomado nada.

–¿Sabes reconocerlo?

Debería soltarla. Ya había recuperado el equilibrio y no necesitaba que siguiera sujetándola, y mucho menos que le hiciera levantar la barbilla. Pero no lo hizo. En vez de eso, deslizó los dedos por su piel.

–Cuando te conviertes en un Beaumont, desarrollas ciertas habilidades que ayudan a sobrevivir.

–¿Cómo que cuando te conviertes en un Beaumont? ¿Qué significa eso? ¿Acaso no eres un Beaumont?

Matthew se quedó de piedra. ¿De veras había dicho eso en voz alta? No le gustaba llamar la atención sobre el puesto que ocupaba en la familia y nunca hablaba de algo que pudiera poner en duda su legitimidad. Llevaba toda la vida esforzándose en demostrarle al mundo que era un auténtico

Beaumont. ¿Qué era lo que tenía aquella mujer que le hacía meter la pata continuamente?

Whitney se quedó mirándolo.

–Vuelves a confundirme –repitió ella.

Su voz, apenas un susurro, hizo que se le acelerara el corazón. Sus labios se separaron a la vez que se apoyaba en su mano.

–Eres tú la que me confunde –replicó, acariciándola.

–Entonces, creo que estamos igual.

Sus ojos verdes claros lo miraron. Iba a besarla, a saborear su dulzura y sentir su cuerpo junto al suyo y…

–¿Whitney? ¿Matthew?

La voz de Jo evitó la locura que había estado a punto de cometer. Soltó a Whitney aunque volvió a agarrarla al instante cuando dio un paso atrás y se pisó de nuevo el bajo del vestido.

–Te tengo.

–Una vez más –musitó ella.

Entonces apareció Jo, con las modistas y varias empleadas de la tienda siguiendo su estela. Al verlos juntos, se detuvo en seco.

–Tengo que irme –dijo, mientras la planificadora de la boda empezaba a desabrocharle el vestido.

–¿Cómo? –preguntó Matthew.

–¿Por qué? –añadió Whitney.

–Hay una yegua que estoy adiestrando que se ha desbocado y Richard teme que se haga daño –dijo, y se volvió para mirar el pequeño ejército de mujeres que intentaba quitarle el vestido–. ¿No pueden hacerlo más deprisa?

–No podemos arriesgarnos a que se rompa el vestido, señorita Spears.

Jo suspiró.

Whitney y Matthew aprovecharon la distracción para separarse.

–Iré contigo –dijo Whitney–. Puedo ayudarte.

–No, no irás –intervino Matthew.

Sus palabras debieron de sonar más cortantes de lo que pretendía, porque todas las mujeres, las seis que estaban, se quedaron mirándolo.

–Lo digo porque tenemos mucho que hacer. Hay que acortarte el vestido y esta tarde tenemos cita con los estilistas. Tenemos que mantener la agenda.

Hubo un momento de silencio, tan solo roto por los sonidos del vestido de Jo mientras las modistas la liberaban de aquel diseño tan elaborado.

Whitney se había quedado mirando a su amiga. Era evidente que iba a hacer lo que Jo dijera, no lo que él dijera.

–Matthew tiene razón –afirmó Jo–. Además, si aparece alguien nuevo, Rapunzel se asustará aún más. Tengo que hacerlo sola.

–Está bien –dijo Whitney como si acabara de condenarla a la horca.

–Tu vestido es precioso –comentó Jo, tratando de limar asperezas.

–El tuyo también –replicó Whitney.

El cumplido de Jo debió de funcionar, porque su amiga ya parecía estar mejor.

Eso era otra cosa que Matthew no esperaba de Whitney Wildz. Siempre quería agradar. No se comportaba como una diva cuando las cosas no salían como ella quería.

Sí, se sentía confuso. Nunca había conocido a ninguna mujer que lo sorprendiera tan de continuo como Whitney. Trató de convencerse de que era porque le había gustado durante muchos años. Eran los efectos de un amor platónico. Su versión adolescente se estaba adueñando de su versión adulta, eso era todo. Daba igual que Whitney estuviera impresionante con aquel vestido. Tenía una misión que cumplir, una boda que organizar y una reputación familiar que salvar. Su versión adulta tenía que hacerse cargo de la situación.

No importaba en qué pusieran su atención los Beaumont, siempre resultaban vencedores. Ese había sido el modo en el que Hardwick Beaumont había dirigido su negocio y su familia. Había amasado una enorme fortuna y había dejado un legado que había cambiado para siempre Dénver, por no decir todo el país. Siempre había buscado la perfección.

Aunque Chadwick había vendido la cervecera Beaumont y Phillip había hecho el ridículo en público, Matthew seguía estando en pie. Había capeado muchos temporales y sacaría la boda adelante.

–Tenga –dijo una de las modistas–. Cuidado con el borde ...

Jo se sujetó el vestido.

–Matthew, si no te importa.

Matthew se volvió de espaldas para que pudiera quitarse el vestido de quince mil dólares que había elegido para ella. Jo parecía una estrella de cine, con aquel corpiño y la cola de diez metros. El apellido de los Beaumont se asociaba a glamour y poder, y cada detalle de la boda tenía que reflejarlo. Así, nadie volvería a cuestionar su puesto en la familia, ni siquiera la dama de honor.

Miró a Whitney por el rabillo del ojo. Tenía razón. Con su fina estructura ósea, aquel pelo negro con un mechón blanco y sus enormes ojos, sería reconocible aunque se pusiera un saco. El vestido destacaba aún más aquellos rasgos tan singulares.

¿Por qué no había accedido a un cambio drástico en su pelo? Sería como pintar los labios de rojo a la Mona Lisa; no estaría bien.

Aun así, sentía que en las últimas veinticuatro horas lo único que había hecho había sido insultarla y, a pesar de cuáles fueran sus sentimientos hacia ella, esa no era forma de asegurarse de que todo saliera bien.

–Te invito a comer. Disfrutaremos del día.

Ella lo miró de reojo.

–¿Sueles pasar el día eligiendo atuendos de boda para mujeres?

–No, ni mucho menos –contestó él sonriendo–. Solo quiero asegurarme de que todo salga…

–Perfecto –lo interrumpió.

–Exacto.

–¿No vas a echar de menos el trabajo? –preguntó ella, ladeando la cabeza.

–Este es mi trabajo. Llevo las relaciones públicas de Cervezas Percherón, la compañía que Chadwick ha creado después de vender la cervecera Beaumont.

Había tenido que convencer a Chadwick de que aquella boda tenía que ser un escaparate. No le había costado. Su hermano mayor había aprendido a confiar en su instinto empresarial y el sexto sentido de Matthew le decía que celebrar la boda del explayboy Phillip Beaumont por todo lo alto sería un buen reclamo publicitario.

Convencer a Phillip y a Jo de que su boda tenía que ser multitudinaria había sido otro cantar.

–Entiendo –dijo, aunque era evidente que no–. ¿No le importará a tu novia que me invites a comer?

Aquellas fueron sus palabras, aunque su significado era completamente diferente. Lo que parecía querer saber era si de veras había estado a punto de besarla unos minutos antes y si iba a intentarlo de nuevo.

Matthew se inclinó hacia delante y volvió a inspirar aquel aroma a vainilla.

–No salgo con nadie.

Sí, volvería a intentar besarla de nuevo, preferiblemente en un lugar donde las modistas no pudieran interrumpirlos.

Matthew observó cómo se sonrojaba. De nuevo, sus manos desearon bajarle la cremallera del vestido para acariciarla, pero...

–¿Y tú?

En la búsqueda de información que había hecho sobre ella la noche anterior, no había encontrado nada que sugiriera que tenía una relación.

–Prefiero estar sola –contestó bajando la vista al suelo–. Así tengo menos problemas.

–Entonces, no habrá problema en que comamos juntos.

–¿Estás seguro? Quizá deberías revisar mi bolso para asegurarte de que no haya contrabando ilegal.

Se lo había ganado.

–Estoy seguro. No voy a comportarme como un idiota.

Whitney no pudo evitar sonreír.

–¿Puedes ponerlo por escrito?

–Incluso levantar un acta notarial si con eso me perdonas.

–Ya te disculpaste anoche –dijo mirándolo–. No hace falta que lo hagas otra vez.

–Por supuesto que sí.

Ella arqueó las cejas y abrió los labios. Justo entonces, alguien detrás de ellos carraspeó.

–¿Señor Beaumont? Estamos listas para ocuparnos del vestido de la señorita Maddox.

Whitney cerró la boca con fuerza mientras el rubor se extendía por sus mejillas. Matthew miró a su alrededor. No había ni rastro de Jo y su vestido. No sabía cuánto tiempo llevaban Whitney y él allí, en medio de aquella sala, hablando y flirteando.

Tenían muchas cosas que hacer, pero estaba deseando que llegara la hora de la comida.

Capítulo Cinco

–Lo siento, señor, pero solo nos queda sitio junto a las ventanas –dijo la camarera.

Matthew se volvió hacia Whitney. No esperaba que Table 6 estuviera tan lleno. Había decidido llevarla a aquel restaurante tranquilo para que pudieran hablar. Quería poder mirarla sin interrupciones. Pero el sitio estaba lleno de gente tomándose un descanso de las compras navideñas. Las conversaciones eran tan elevadas que apenas se oían los villancicos que estaban sonando.

–Podemos ir a otro sitio –le dijo a Whitney.

Ella lo miró por encima de sus gafas de sol y le lanzó una mirada como si se hubiera atrevido a insinuar que iba de diva.

–Este está bien.

Ocuparon los dos únicos asientos que había libres en todo el restaurante. Un rayo de sol caía sobre sus rostros. Whitney se quitó las gafas de sol y el gorro de punto y se volvió hacia el sol. Luego suspiró, con una expresión de serena alegría irradiando de su rostro. Se la veía tan guapa y despreocupada, que se quedó sin respiración.

Salió de su ensimismamiento y lo miró.

–Lo siento –dijo atusándose el pelo–. Aquí hace más frío que en California. Echo de menos el sol.

–No te disculpes. Pidamos algo y luego me hablas de California. Quiero que me hables de ti.

Las comisuras de sus labios se curvaron al asentir. Pero llegó la camarera y tuvieron que concentrarse en los platos del día.

Matthew reparó en el modo en que la expresión de los ojos de la camarera había cambiado cuando Whitney le había preguntado por la sopa del día. La mujer la había reconocido.

Tal vez no fuera un problema. El restaurante estaba lleno. Seguramente, el personal tenía mejores cosas que hacer que preocuparse de por qué Whitney Wildz estaba en la barra.

Volvió su atención hacia Whitney.

–Ahora –dijo, procurando no parecer ansioso–, háblame de ti.

La camarera volvió y les sirvió agua y café.

–¿Necesitan algo más? –preguntó con una amplia sonrisa.

–No –contestó Matthew con rotundidad–. Gracias.

Los ojos de la mujer repararon de nuevo en Whitney, y sonrió incrédula mientras se alejaba.

Whitney no se había dado cuenta. Había quitado el envoltorio a la pajita y se había quedado jugando con el papel entre sus dedos.

Matthew se quedó embobado mirando sus largos dedos moverse, y se olvidó de la camarera.

–Me estás confundiendo otra vez –dijo ella, con la mirada fija en el papel.

–¿Cómo? Venga, en serio, dímelo. No quiero que haya malentendidos.

–Vuelves a mirarme de la misma manera.

Matthew desvió su mirada hacia su pajita.

–¿De qué manera?

Se hizo un tenso silencio entre ellos. Temía perder el control, y él nunca lo perdía.

Entonces, recordó la piel desnuda de su espalda y cómo la cremallera terminaba en la cintura de sus bragas. Había entrevisto un bonito encaje y no podía sacárselo de la cabeza.

–No sé si piensas que soy el mayor quebradero de cabeza que has tenido en tu vida o si… si te gusto –balbuceó–. Y cuando me miras así, es incluso peor.

–No puedo evitarlo –admitió Matthew.

Le resultaba más sencillo hablar sin mirarla.

–¿Por qué no?

Por su voz, se adivinaba que había algo más. Era lo mismo que había percibido la noche anterior. Parecía estar buscando su aprobación.

No sabía qué contestar. ¿Qué podía decirle? ¿Que había sentido por ella una fascinación infantil bastante después de dejar la niñez? ¿Que la había seguido en la prensa? ¿Que aquella misma tarde le había parecido la mujer más bella del mundo?

–Háblame de ti –dijo él, rezando para que accediese a cambiar el tema de conversación–. Cuéntame tu vida.

Sintió su mirada y esta vez fue él el que se sonrojó.

–Vale, pero luego tienes que hablarme de ti.

Él asintió.

–Muy bien –convino, y sacó su móvil–. Estos son Pride y Joy.

Le enseñó una foto de un caballo y un jinete con una medalla de oro.

–¿Eso es en los Juegos Olímpicos, verdad?
–Así es –respondió con voz animada–. Quería que ganara, ¿sabes? Haber criado a un caballo capaz de ganar a aquel nivel me hizo sentirme auténtica. Ya no era una actriz chiflada. Era una auténtica criadora de caballos.

Hablaba pausadamente, como alguien empeñado en demostrar su valía.

Él también conocía bien aquella sensación.

–Hay personas en este mundo que no saben de ese programa –dijo, mirando su teléfono–, gente que solo me conoce como Whitney Maddox, la criadora de Pride and Joy. No sabes lo maravilloso que es eso.

–Creo que puedo imaginármelo.

Matthew tomó el teléfono de su mano y estudió el caballo.

Whitney deslizó el dedo por la pantalla y otro caballo apareció.

–Esta es la hija de Joy, Ode. Soy dueña de su madre, Pretty. Era una yegua campeona mundial, pero su dueño tuvo problemas y la vendieron en una subasta. La conseguí bastante barata y resultó ser un animal increíble.

La pasión en su voz era inconfundible. Era evidente que el caballo significaba para Whitney mucho más que una buena inversión.

–A Ode ya la han comprado –continuó–. Podría seguir cruzando a Joy y a Pretty durante el resto de mi vida y encontraría compradores.

–Eso es lo que yo llamo asegurarse el futuro.

–Dentro de un año, entregaré a Ode –prosiguió–. Ahora mismo, solo tiene un año –añadió y, tras tocar la pantalla, otra foto apareció–. Esta es Fifi, una galgo que rescaté. La tenía en acogida y decidí quedármela. Cuando era más joven, no paraba de correr y, de repente, su vida cambió. Pensé, y sé que esto parece una tontería porque es solo un perro, que me entendía mucho mejor que la mayoría de las personas.

–Vaya.

No sabía qué otra cosa decir. Nunca le habían atraído los animales, al contrario que a Phillip, que sentía pasión por los caballos. Su padre nunca había sentido nada por los caballos que había comprado. Para él, solo habían sido inversiones con las que conseguir más dinero o prestigio.

–¿Tienes perros en acogida?

Ella asintió con entusiasmo.

–El refugio de Bakesfield nunca tiene sitio suficiente. Al principio, no me dejaban llevarme los animales, pero... Siempre hay algún animal que necesita sitio donde quedarse.

–¿Cuántos animales has tenido en casa?

–He perdido la cuenta –contestó encogiéndose de hombros.

Volvió a tocar la pantalla y la imagen de un extraño animal apareció.

Matthew tomó el teléfono para ver mejor aquella cabeza blanca y negra.

–¿Qué es eso?

–Eso es Gater, un no sé qué *terrier.*

Aquel era el bicho más feo que Matthew había visto en su vida.

–¿Cuánto tiempo hace que lo tienes?

–Poco más de dos años. Se cree que es el que manda en casa. Deberías haberlo visto cuando Jo y Betty se quedaron conmigo. Estaba furioso.

Whitney volvió a reír. Era un sonido dulce y desenfadado que le resultaba más cálido que el sol.

–¿Qué pasó?

–Mordió a Betty en una pata y ella le dio una coz que lo mandó al otro lado del salón. Por suerte, no hubo huesos rotos ni heridas –añadió–. Eso sí, tanto el perro como el burro acabaron muy enfadados. Gater se cree el jefe y a Fifi no le importa, siempre y cuando respete su cojín.

Whitney se inclinó y volvió a tocar la pantalla. Apareció la foto de unos gatos, aunque no fue eso lo que llamó la atención de Matthew, sino el modo en que apoyó la cabeza en su hombro, recostando el cuerpo en su brazo.

–Esos son Frankie y Valley, los gatos del establo.

–¿Frankie y Valley? Suena como el cantante Frankie Valli.

–Así es –dijo volviéndose hacia él–. Frankie era callejero.

Su voz se entrecortó al mirar a Matthew a la cara y reparar en sus labios. Sus ojos centellearon y un rubor se extendió por sus mejillas.

Podía inclinarse y besarla. Sería fácil. Durante años, había soñado con besar a Whitney Wildz. Claro que ya no quería besar a la chica de sus sueños, sino a la mujer de carne y hueso que tenía sentada a su lado. No pudo evitarlo. Levantó la mano libre y le acarició con los dedos la mejilla.

Ella contuvo la respiración, pero no se apartó ni retiró la mirada. Su piel estaba cálida por el sol. Extendió la mano y le cubrió toda la mejilla.

–No sabía que fueras fan de Frankie Valli –dijo ella con voz entrecortada.

Sus pupilas se dilataron al respirar hondo, como si esperara que él diera un paso más.

–No lo soy.

El problema era que Matthew no quería dar un paso más. En otra época, Phillip se hubiera echado encima de una mujer atractiva, sin preocuparle quién los veía o cómo aparecería en los periódicos. Pero a Matthew sí le importaba. Tenía que mantener su puesto en aquella familia y no podía arriesgarlo todo solo porque quisiera besar a Whitney Maddox.

Así que por mucho que le fastidiara, apartó la mano de su rostro y volvió la vista hacia la pantalla. Allí seguían los gatos que llevaban el nombre de un conocido cantante de otra época.

Todavía podía sentir la suavidad de su piel en la mano, imaginar la piel desnuda de su espalda.

Algo al otro lado de la ventana llamó su atención. En mitad de la acera, delante del restaurante, había dos jóvenes de veintitantos años. Una de ellas estaba apuntando con el teléfono en su dirección. Cuando vieron que se había dado cuenta, aligeraron el paso entre risas.

Matthew se asustó. Sí, Whitney era reconocible.

Se fijó de nuevo en la pantalla, pero apenas prestó atención a las imágenes de perros, gatos y caballos. Estaba deseando que les llevaran la comida para acabar cuanto antes y marcharse de allí. Quería llevar a Whitney a un lugar donde, aunque la gente pudiera reconocerla, tuvieran la decencia de no causar revuelo.

Whitney llegó a la última foto que, sorprendentemente, no era de un animal. Era de una mujer vestida de vaquera, con un sombrero y unos vaqueros, y un pie apoyado en el último tablón de una valla. La mujer aparecía bañada por el resplandor dorado del sol.

Whitney trató de quitarle el teléfono, pero él se lo impidió, levantándolo para que no lo alcanzara.

–¿Eres tú?

–¿Puedes devolvérmelo, por favor?

Parecía nerviosa.

–Sí, eres tú. ¿Quién te la hizo?

–Jo, cuando estuvo el invierno pasado –contestó, y se recostó en él para llegar al teléfono–. Por favor.

Matthew hizo lo que le pedía.

–Así que esta es la verdadera Whitney Maddox.

Ella se quedó inmóvil, con el dedo encima del botón de apagar la pantalla, y miró la foto.

–Sí, esa soy yo.

La pantalla se apagó. Él carraspeó.

–Creo que me gusta esa versión auténtica de ti.

Aunque no lo miró, Matthew vio una sonrisa en sus labios.

–Tu turno –dijo ella con voz animada.

¿Qué se supone que debía contarle? Apartó la vista y su mirada fue a dar con las dos mujeres que había visto antes y que habían pasado a ser cuatro.

–Eh…

–No seas tímido. Cuéntame cómo eres de verdad –le animó, mientras se guardaba el teléfono en el bolsillo de la chaqueta–. Venga –añadió, dándole una palmada en el hombro.

Esta vez, cuando las mujeres de fuera le vieron mirarlas, no se fueron ni dejaron de hacer fotos con sus cámaras.

Fue entonces cuando reparó en el sonido de fondo. Apenas se oían susurros en el restaurante, y los villancicos se escuchaban con claridad y nitidez. Se volvió para mirar y casi todo el restaurante estaba pendiente de ellos, teléfono en mano, haciéndoles fotos y grabando vídeos.

Aquello estaba a punto de convertirse en una pesadilla. Quizá, incluso en algo peor si la gente descubría quién era.

–Tenemos que irnos.

Las jóvenes de fuera estaban a punto de entrar.

–¿Quieres que…? –comenzó Whitney y, al ver a las mujeres, miró a su alrededor–. Vaya. Sí, vámonos –añadió poniéndose las gafas de sol.

Matthew sacó un billete de la cartera y lo dejó en la barra, a pesar de que no habían tomado nada.

Por desgracia, las gafas no ocultaban quién era. De hecho, le daban un aire más glamuroso. Al ponerse de pie, un grupo de mujeres se acercó.

–Eres tú de verdad –exclamó una de ellas–. ¡Es Whitney Wildz!

El silencio del restaurante se rompió y la gente empezó a dejar sus asientos, rodeándolos y disparando las cámaras.

–¿Es tu novio?

–¿Estás embarazada?

–¿Alguna vez vas a comportarte como es debido?

Aquella última pregunta la hizo un hombre.

Matthew se vio repentinamente obligado a desempeñar el papel de guardaespaldas y apartó con sus fuertes brazos a la gente mientras intentaban recorrer los escasos cuatro metros que los separaban de la puerta. Tardaron varios minutos en salir, con la gente agolpándose a su alrededor.

La rodeaba con su brazo por los hombros para protegerla mientras se apresuraban hacia su coche. Con sus largas piernas habría sido capaz de dejar a todos aquellos idiotas atrás, pero Whitney era bastante más pequeña que él, así que tuvo que aminorar el paso.

–¿Por qué le rompiste el corazón a Drako? –gritó alguien tirando del brazo de Whitney.

Llegaron al coche y no podía abrir la puerta del pasajero de la cantidad de gente que había.

–Venga, apártese –le dijo a un hombre que pretendía tomar algo más que el brazo de Whitney.

Consiguió abrir la puerta y prácticamente tuvo que empujarla al interior para liberarla de aquel asedio. Cerró dando un portazo y, al hacerlo, le pilló el dedo a alguien. Se oyeron unos gritos y estuvo tentado de ignorarlos, pero aquello habría dado lugar a un titular. Así que abrió un poco la puerta, lo suficiente para liberar aquel dedo y volvió a cerrarla rápidamente.

Whitney se acomodó en el asiento, se puso el

cinturón y se fijó la vista al frente. Se había vuelto a poner el gorro, aunque ya era demasiado tarde para eso. Lo que quedaba al descubierto de su rostro se veía pálido y desencajado.

Matthew se abrió paso hasta el lado del conductor mientras algunas personas lo grababan. Luego se metió dentro, encendió el motor de su Corvette Stingray y aceleró provocando un gran estruendo.

Estaba furioso con la camarera. Seguramente había llamado a sus amigas para avisarla de que Whitney Wildz estaba en una de sus mesas. También estaba enfadado con todos aquellos idiotas que en cuestión de minutos había pasado a ser una multitud.

Pero sobre todo estaba furioso consigo mismo. Las apariencias lo eran todo y acababa de estropear la suya. Si aquella gente no había descubierto ya quién era, poco tardarían en hacerlo.

Aquello era precisamente lo que no quería que ocurriera. Whitney Wildz convertiría aquella boda en un circo y dejaría por los suelos la imagen de perfección que quería proyectar. Sí, había sido descortés con ella la noche anterior, pero había tenido razón.

Aunque acogiera cachorros y adoptara galgos, aunque fuera una respetada criadora de caballos, aquello no cambiaba su presentimiento de que Whitney Wildz iba a echar a perder la boda.

No iba a ser capaz de controlar nada, ni la boda, ni la imagen que quería proyectar, ni siquiera a sí mismo.

Lo había estropeado todo.

Capítulo Seis

Permanecieron en silencio. Matthew conducía con brusquedad, como si quisiera castigarla.

La misma escena la había vivido una y otra vez, se sentía resignada. Sabía que antes o después aquello acabaría pasando. Se había hecho ilusiones porque a Matthew le gustaba su verdadera personalidad, o al menos eso parecía.

No tenía ni idea de dónde estaban ni hacia dónde se dirigían. Quizá había tomado una ruta más larga por si acaso alguno de aquellos fans se había decidido a perseguirlos.

–¿Estás bien? –preguntó él mientras enfilaba para lo que Whitney pensaba que era el centro de Dénver.

No se inmutó al oír su tono enojado. Hacía tiempo que había aprendido que cualquier reacción podía ser malinterpretada. Era preferible comportarse como una estatua.

–Estoy bien.

–¿Estás segura? Ese tipo, trató de agarrarte.

–Sí.

Había sido el mismo hombre que se había pillado la mano con la puerta. Aunque tenía la vista fija en la carretera, vio por el rabillo del ojo que se volvía para dirigirle una mirada de incredulidad.

–¿Y eso no te disgusta?

–No.

–¿Por qué demonios no? A mí sí. La gente no debería tocarte como si tal cosa.

–Estoy bien –repitió–. Estoy acostumbrada.

–Pero no está bien. No puedo quedarme cruzado de brazos mientras un puñado de idiotas se toma ciertas libertades contigo.

No se volvió para mirarlo. Tenía los nudillos blancos de apretar con tanta fuerza el volante. Estaba muy serio.

No recordaba la última vez en que alguien se había quedado mirando todo aquel circo que la prensa montaba a su alrededor. Nadie había hecho nunca nada salvo hacerle fotos.

Matthew tomó otra curva haciendo chirriar las ruedas frente a un alto edificio.

–Ya hemos llegado.

–¿Estás de mi lado? –preguntó ella.

Matthew detuvo en seco el coche.

–¿Qué clase de pregunta es esa?

–Lo que quiero decir es que nunca nadie me había protegido de la gente.

–¿Nadie?

–Mira, necesito saber si estás de mi lado o no. No quiero estropear la imagen que quieres transmitir. Ya has visto lo que pasa y lo único que he hecho ha sido quitarme el gorro.

De repente, parecía estar suplicando. No solo lo quería de su lado, velando por ella. Lo necesitaba junto a ella.

Matthew le dirigió una extraña mirada. Whitney no sabía qué ocultaban aquellos profundos ojos azules.

–Así son las cosas –añadió ella, su voz apenas un susurró–. Me gustaría que todo fuera diferente.

Cada vez que bajaba la guardia, cada vez que pensaba que era capaz de hacer las mismas cosas que la gente normal como salir a comer con un hombre, siempre pasaba algo.

Matthew no dijo nada.

Ella no podía seguir mirándolo. No esperaba nada más de él. Había dejado clara su postura. Su deber estaba con su familia y con aquella boda. Era evidente que para él era tan solo una distracción.

Una distracción a la que había estado a punto de besar en un restaurante abarrotado.

Así que cuando tomó su rostro con la mano para obligarla a mirarlo, la pilló desprevenida.

–No me gusta cruzarme de brazos, y tú deberías hacer lo mismo.

Su voz sonó fuerte y decidida. Estaba tan cerca, que tuvo una sensación que no supo reconocer.

Durante una temporada había intentado defenderse, recuperar su nombre y su vida. Había intentado aprovechar su fama para dar a conocer los refugios de animales. Solo había conseguido años de horribles titulares acompañados de fotos aún peores. Desde el último incidente, dos años atrás, no había vuelto a tomar parte en ningún acto público.

–Lo que hago no importa y los dos lo sabemos –dijo mirándolo a los ojos.

Matthew volvió a dirigirle una de aquellas miradas entre la ira y el desagrado.

–Entonces, ¿qué vas a hacer?

Se quedó mirándolo. No podía enfadarse con aquella gente, pero podía descargar un poco de rabia en él. Después de todo, la noche anterior no se había comportado mucho mejor que aquella gente.

–No voy a sentarme y deprimirme porque esa gente me trate como si fuera mercancía. Tampoco voy a sentirme mal porque en otro tiempo fui joven, estúpida y alocada, ni quiero que nadie se sienta mal por mí. No quiero causarte lástima y tampoco desdén. Hace tiempo que no soy esa persona.

Si se había enfadado con aquel pequeño discurso, no se le notó. Ni siquiera la soltó. En vez de eso, las comisuras de sus labios se arquearon en una mueca divertida.

–¿Desdén, eh?

–Sí. Así que si me pides que no vaya, adelante, ya se lo he dicho a Jo y me dijo que ni hablar, que habías invitado a un montón de desconocidos a su boda y quería tener a una amiga al lado. Así que, ¿estás de mi lado o no?

Porque si no lo estaba, tenía que dejar de tocarla. Estaba harta de no saber qué esperar de él.

–No permitiré que nadie te trate así.

–¿Porque es malo para la imagen de perfección que quieres transmitir?

–Porque para mí no eres mercancía.

Whitney sintió como si el aire se le parara en los pulmones. No podía respirar. Iba a besarla. Lo estaba deseando, al igual que lo había deseado en el restaurante. Pero por mucho que lo deseara, no podía permitirlo.

–Voy a estropear la boda –sentenció.

Era un hecho inevitable.

El rostro de Matthew se ensombreció, bajó la mano y apartó la mirada.

–Vamos a llegar tarde.

–Es verdad.

No quería ser la razón por la que la boda se saliera del guion. Quería volver a su rancho, junto a sus perros, gatos y caballos. Incluso echaba de menos al viejo gruñón de Donald.

Matthew le abrió la puerta y le ofreció su mano. Se lo había prometido a Jo. Hasta que Jo no le pidiese que se fuera, no lo haría. Así que hizo de tripas corazón, tomó su mano y salió del coche.

Matthew no la soltó ni se apartó, más bien todo lo contrario.

–¿Estás segura de que estás bien?

Whitney esbozó una sonrisa. No estaría bien hasta que estuviera de vuelta en casa. Entonces, retomaría su trabajo. En cuestión de semanas o meses aquella boda sería olvidada por la boda del siguiente famoso. Aquello pasaría. Ahora lo sabía, aunque durante un tiempo no había sido así.

–Estoy bien –mintió, y se quedó mirando el edificio blanco–. ¿Dónde estamos?

En el cartel se leía Hotel Mónaco.

–Dentro del hotel está el spa Veda –dijo, y la hizo tomarlo del brazo–. Hay que ir practicando.

Ah, sí, el paseíllo hasta el altar. Puso su mejor sonrisa y sujetó un ramo imaginario entre las manos. Después de todo, había sido actriz.

–Ese es el espíritu –comentó él sonriendo.

Luego le dio las llaves al aparcacoches y entraron en el vestíbulo como si fueran los dueños del hotel.

–Señor Beaumont, qué placer volver a verlo por aquí –dijo la recepcionista con una cálida sonrisa antes de reparar en Whitney–. ¿En qué podemos ayudarle?

–Hemos venido al spa, Janice –contestó, y enfiló hacia el pasillo.

–¿Tan a menudo vienes como para que te conozcan?

Matthew se detuvo junto a una puerta.

–Los Beaumont llevan años usando este hotel para muchos propósitos. El personal es muy discreto. Chadwick lo usaba para reuniones, pero nuestro padre… Digamos que se enorgullecía de usarlo para otros fines –explicó ruborizándose.

Aquel color rosa en sus mejillas parecía fuera de lugar.

Ah, ya recordaba. Era aquel padre que tenía un número indeterminado de hijos.

–¿Cómo? –dijo mordiéndose la lengua.

–Nada. Los Beaumont tienen una larga relación empresarial con el hotel, eso es todo. Yo, personalmente, nunca he usado sus habitaciones.

Abrió la puerta del spa y otra recepcionista los saludó.

–Señor Beaumont –dijo con una inclinación de cabeza–. Y usted debe de ser la señorita Maddox, ¿no es así?

–Sí –respondió Whitney, sintiendo tensión en los hombros.

–Por aquí, por favor. Rachel la está esperando.

Se fueron a un salón privado. Hacía mucho tiempo que no iba a un sitio así.

–¡Qué agradable! –exclamó mientras Matthew le sujetaba la puerta.

–Enseguida vuelvo, tengo que ocuparme de una cosa.

–Por supuesto, señor Beaumont –dijo la estilista y, volviéndose hacia Whitney, añadió–: Es un placer conocerla, señorita Maddox.

Whitney contuvo la risa. ¿De veras era un placer? Aun así, era una buena manera de poner a prueba sus dotes de conversación. Después de todo, en la boda conocería a mucha gente.

–Un placer también para mí.

Tomó asiento y Rachel empezó a revolverle el pelo.

–Evidentemente, la novia llevara el pelo recogido –dijo Rachel–. La señorita Frances Beaumont ha pedido el peinado de Veronica Lake. Estará increíble. La señorita Serena Beaumont lucirá un moño clásico. Usted...

Rachel se quedó callada mientras estudiaba el corte de pelo casero de Whitney.

–Ya sé que no hay muchas posibilidades. Pensaba que quizá podía teñirme de rubia.

–¿Por qué? –preguntó Rachel horrorizada.

–De ninguna manera va a teñirse de rubia –rugió Matthew entrando por la puerta.

Ni siquiera miró a Whitney. Estaba demasiado ocupado hablando por teléfono, pero su orden había quedado clara.

–Claro que no –convino Rachel–. Eso sería lo peor que podríamos hacer. Podemos añadirle volumen y unas extensiones. Además, el rubio no se lleva, pero están muy de moda los reflejos.

–Ni hablar. Quiero un peinado clásico y glamuroso –intervino Matthew.

Si la estilista se ofendió con su comentario, lo disimuló muy bien.

–Bueno, puedo darle forma al corte y podemos pensar en algún recogido a juego con el vestido.

–Perfecto –convino Matthew.

–La gente me reconocerá, como en el restaurante. Si no me dejas teñírmelo, al menos déjame llevar una peluca.

–No –fue todo lo que dijo antes de volver su atención al teléfono.

–¿Por qué no?

Matthew le dirigió una mirada desafiante.

–Porque estás guapa como estás, no dejes que nadie te quite eso –dijo, y su teléfono volvió a sonar–. Discúlpame.

Desapareció y Whitney se quedó allí, mientras Rachel hacía su trabajo.

¿De veras la encontraba guapa?

Capítulo Siete

Aquello iba de mal en peor. Matthew trató de mantener la calma. Hacía mucho tiempo que había aprendido que, perdiendo los estribos, no se conseguía nada.

Cuando la imagen de Whitney con él, tomada desde la acera del restaurante, le había saltado en Instagram bajo el pie de foto Whitney Wildz en Dénver, se había disculpado del salón de la estilista para que su enfado no irritara a Whitney. Bastante había tenido ella ya.

Ya había denunciado la foto, pero sabía que aquello era tan solo el principio. Después de años borrando todo rastro de los líos que sus hermanos y madrastras iban dejando atrás, también sabía que no había manera de detenerlo. Sin embargo, iba a hacer un esfuerzo. Con la contención tenía media batalla ganada. La otra media, con la distracción.

Si pudiera desviar el interés por Whitney con otro escándalo...

Revisó las páginas web de cotilleos, confiando en que alguien hubiera cometido alguna estupidez y, así, nadie se preocupara por dónde había comido una exestrella adolescente.

Nada. Al parecer, todo el mundo llevaba semanas comportándose correctamente.

En una ocasión, cuando había tenido que enfrentarse a las hordas de paparazzi que lo esperaban a la salida de su apartamento para preguntarle por la reacción de su segunda madrastra tras pillar a Hardwick Beaumont en la cama de un hotel con una de sus amantes, Matthew había recurrido a técnicas de distracción.

Había llamado a Phillip, le había dicho que montara una escena y que esperara a que los fotógrafos salieran corriendo. Había merecido la pena desviar la atención hacia Phillip solo por recibir la felicitación de su padre por lo bien que había resuelto la situación. En otras ocasiones, lo había llamado a su despacho para regañarlo y preguntarle por qué no podía parecerse a su hermano Chadwick.

Hardwick se había levantado de su asiento y le había puesto las manos sobre los hombros. Por aquel entonces, apenas quedaban cinco años para que su padre muriera en mitad de una reunión.

–Hijo –le había dicho Hardwick con una expresión paternal en su rostro–. Cuando controlas a la prensa, tienes el mundo a tus pies. Así es como un Beaumont maneja las situaciones.

«Hijo». Matthew podía contar con los dedos de una mano las veces que su padre había usado aquel término con afecto. Por fin había logrado hacer algo para llamar la atención de su padre. Por vez primera en su vida, se había sentido como un Beaumont.

–Sigue cuidando de la familia –le había dicho Hardwick–. Recuerda: si controlas la prensa, el mundo estará a tus pies.

Matthew había llegado a ser muy bueno controlando a la prensa, y eso lo había llevado a convertirse en todo un Beaumont. Pero las redes sociales eran otro cantar. Aunque consiguiera hacer desaparecer una foto, siempre surgían más.

Ya no podía contar con Phillip para montar una escena, ahora que había dejado la bebida e iba a sentar la cabeza. Chadwick estaba de viaje. Además, solo trataba con la prensa para las entrevistas que le preparaba Matthew.

Se quedó mirando el teléfono. Podía llamar a su hermana Frances, pero querría conocer los detalles y motivos antes de hacer nada. Y en cuanto supiera que el asunto tenía que ver con Whitney Wildz, su ídolo de la infancia...

Solo le quedaba una opción, así que llamó a su hermano pequeño, Byron.

–¿Qué he hecho ahora? –preguntó nada más descolgar, y bostezó como si acabara de despertarlo a pesar de ser las dos de la tarde.

–Todavía nada –respondió–. Estás en Dénver, ¿verdad?

–He llegado esta mañana después de un largo vuelo desde Madrid.

–Necesito un favor.

–¿Acaso no te parece suficiente recorrer medio mundo para venir a la boda de Phillip?

Byron rio y Matthew apretó los dientes. Byron le recordaba a su padre.

–Sí, necesito que hagas algo que llame la atención de la prensa.

–¿Qué ha hecho Phillip esta vez?

–No es Phillip.

–¿En qué andas metido?

Matthew recordó la foto que acababa de denunciar, con Whitney sentada a su lado. Aquella gente no se había dado cuenta de quién era él, pero no tardarían mucho en percatarse de que Whitney Wildz estaba con un Beaumont.

–Necesito distraerlos. ¿Me ayudas o no?

Aquello estaba mal, muy mal. Quería lanzar el mensaje de que la familia Beaumont volvía a ocupar su lugar, lejos de los escándalos. Quería demostrar que tenía el control de la situación. ¿Y qué estaba haciendo? Pedirle a su hermano que provocara un lío para proteger a Whitney.

Recordó cómo la expresión de Whitney se había ensombrecido al darse cuenta de que toda aquella gente los estaba mirando. Sentada en su coche, parecía que estuviera llevándola a la horca en lugar de a un lujoso salón de belleza. No podía dejar de pensar en cómo había insistido en teñirse el pelo para pasar desapercibida y en cómo había estado a punto de besarla en la barra del restaurante.

–¿Qué clase de distracción?

–No hace falta que mates a nadie.

–Vaya –dijo riendo Byron–. Pero me sacarás del apuro, ¿verdad?

–Claro.

Se hizo una pausa y Matthew empezó a preocuparse.

–Oye, ¿has invitado a Harper a la boda?

–¿Te refieres a Leon Harper, el banquero que ha obligado a Chadwick a vender la cervecera?

–Sí –respondió sin dar más detalles–. ¿Lo has invitado?

–No, no he invitado a ese hombre que tanto odió a papá y que ahora se ha vengado de él con nosotros. ¿Por qué?

–Te ayudaré solo si invitas a la familia Harper al completo.

–¿Tiene familia?

Matthew apenas había coincidido con Harper unas cuantas veces en reuniones y otros actos de la cervecera. Aquel hombre era un ser desagradable. Además, odiaba tanto a los Beaumont que los había obligado a vender el negocio familiar.

–¿Hablas en serio? ¿Para qué quieres que vaya?

–¿Quieres que te ayude o no? –preguntó Byron.

–No pueden venir a la ceremonia. La capilla es muy pequeña y no queda sitio. Pero los invitaré a la recepción.

Con seiscientos invitados a la fiesta, muchos de ellos famosos, las probabilidades de que Harper se encontrara con algún Beaumont eran escasas. Podía correr el riesgo.

–Hecho –dijo Byron, y rio–. No puedo creer que me estés pidiendo que me meta en un lío.

–Tengo mis motivos. Solo procura no acabar con un ojo morado. No quedaría bien en las fotos.

–¿Y esos motivos tienen un nombre?

Matthew sintió que se le erizaba el vello de la nuca.

–Por supuesto. ¿Y el hecho de que hayas pasado un año recorriendo Europa también tiene nombre?

–He estado trabajando –respondió Byron.

–Es lo mismo que yo estoy haciendo. Ya sabes, nada de asesinatos –bromeó Matthew.

–Ni de ojos morados, entendido.

Matthew suspiró aliviado. Byron había estado en Europa durante un año. Decía que había estado trabajando en restaurantes, pero no sabía si era cierto. Lo único que sabía era que Byron había provocado una escena en un restaurante antes de dejar Europa, pero que se las había arreglado para no salir en los papeles.

Funcionaría. Emitiría un aburrido y breve comunicado anunciando que Whitney Maddox, antigua presentadora de *Creciendo con Wildz* y amiga íntima de la novia, estaba en Dénver para asistir a la boda de los Beaumont y que los Beaumont estaban encantados de tenerla como invitada.

Más tarde, esa misma noche, Byron haría alguna pifia. Matthew estaba seguro de que su hermano conseguiría desviar la atención de la prensa de Whitney. ¿Quién se preocuparía por una antigua estrella infantil cuando el hijo pródigo de los Beaumont había regresado a la boda de su hermano?

–Señor Beaumont, ya puede pasar –dijo Rachel asomando la cabeza por la puerta.

–¿Qué tal ha quedado?

Una vez organizada la táctica de distracción, ya podía dedicarle toda su atención a Whitney.

La estilista le guiñó un ojo.

–Creo que le gustará el resultado.

Matthew entró en el salón privado. Whitney estaba de espaldas. Apenas se apreciaba el corte de pelo, pero tenía la melena peinada, con un aspecto más suave y liso que de costumbre. A un lado llevaba un prendedor de estrás, justo encima del mechón blanco. Se colocó ante ella. Tenía los ojos cerrados, por lo que todavía no se había visto.

Estaba muy guapa. La maquilladora había respetado su piel de porcelana y le había aplicado un tono suave de colorete en contraste con el intenso rojo de los labios. Para los ojos, en vez de sombras ahumadas como iban a lucir Frances y Serena, la estilista se había decantado por una mirada felina.

–Vaya.

¿Cómo podía la gente mirar a aquella mujer y no ver más que a Whitney Wildz?

Whitney arrugó la nariz, sin poder contener una sonrisa.

Iba a besarla. En cuanto se quedaran a solas, iba a revolverle el pelo y a correrle la pintura de los labios sin sentirse mal por ello.

–¿Lista, señorita Maddox? –preguntó Rachel, y volvió la silla de Whitney–. ¡Tachán!

Whitney parpadeó al ver su reflejo en el espejo. Sus ojos claros miraban sorprendidos. Rachel sonreía nerviosa.

–Por supuesto que se verá mejor con el vestido. Si no le gusta...

–No, está perfecta –la interrumpió Matthew–. Era exactamente lo que quería para ella. Buen trabajo.

Whitney tragó saliva.

–¿Perfecta?

Matthew reparó en que su pecho subía y bajaba

cada vez más rápido. Sabía lo que estaba pasando. A su hermana Frances también le ocurría lo mismo en aquellas situaciones. Whitney estaba a punto de perder los nervios.

–¿Nos puede dejar un momento a solas?

–¿Está todo…?

Rachel dirigió una mirada de preocupación a Whitney, mientras Matthew la acompañaba a la puerta.

–Sí, no se preocupe, todo está bien –le aseguró Matthew, y le cerró la puerta en las narices.

Luego, volvió junto a Whitney. Se había levantado de la silla y se estaba mirando al espejo.

–Vas a estar muy guapa –dijo recordándola con el vestido.

Parecía haberse olvidado de que estaba allí. Al encontrarse con su mirada en el espejo, le sonrió.

–¿No me parezco a ella demasiado?

Matthew no veía ni rastro del fantasma del pasado de aquella mujer que tenía delante, salvo el mechón del pelo. Ya no era Whitney Wildz, al menos a él no se lo parecía. Era alguien mucho mejor, alguien que le gustaba y a quien defendería a cualquier precio.

Sin poder contenerse, recorrió la distancia que los separaba y le apartó el peinado de la mejilla. Ella ladeó la cabeza para mirarlo mejor.

–Te pareces a ti –le aseguró.

Whitney buscó sus ojos. Esta vez, la desesperación era manifiesta. Quería hacerla sentir mejor y que supiera que cuidaría de ella y que no la dejaría a merced de los lobos.

Sus labios rozaron los de ella. Fue un beso dulce y tranquilizador.

Claro que ella no había cerrado los ojos. Lo sabía porque él tampoco. Se había quedado mirando cómo la besaba. No lo había rodeado con sus brazos ni le había devuelto el beso. Simplemente se había quedado mirando.

Así que se había quedado quieto. Ella se había puesto todavía más pálida. Parecía un fantasma con los labios tan rojos, mirándolo con aquellos enormes ojos que tenía.

Por una vez, se había dejado llevar por sus emociones y lo había estropeado todo.

–Whitney...

–¿Se puede? –los interrumpió Rachel–. ¿Qué han decidido?

Matthew se pasó el dorso de la mano por los labios y miró a Whitney.

–Creo que está perfecta.

Capítulo Ocho

Matthew estaba en lo cierto. El personal del hotel y del spa era muy discreto. Al salir, no se encontró con cámaras ni con teléfonos apuntándola. Nadie gritó su nombre cuando el aparcacoches le trajo el coche a Matthew. Nadie intentó abalanzarse sobre ella cuando le abrieron la puerta y se montó en el coche.

Pero Matthew la había besado.

No sabía si eso era mejor o peor. Lo único que sabía era que cuando la había mirado y le había dicho que se parecía a ella misma, no había estado segura de si quería besarlo o no.

Matthew Beaumont la hacía sentirse confusa.

–Tengo la situación bajo control –dijo él mientras se dirigían al rancho de Phillip y Jo–. He mandado un comunicado de prensa anunciando que vendrás a la boda.

–¿Has anunciado que estoy aquí? Pensé que eso era lo que querías evitar.

Se sentía mejor, aunque un poco ridícula. Al verse en el espejo con aquel peinado clásico, había sentido un cortocircuito en el cerebro. Luego, la había besado.

–Confía en mí. Después de lo que ha pasado en el restaurante, ya se sabe que estás aquí.

–No me hace sentir mejor –replicó ella pasándose la mano por el pelo.

–Como te decía –continuó Matthew–, he mandado un breve comunicado diciendo que estamos muy contentos de que hayas venido. Esta noche, mi hermano pequeño Byron hará algo excéntrico, algo típico de los Beaumont.

–Espera, ¿cómo?

–Byron te va a robar el protagonismo –dijo sonriendo, sin mirarla mientras conducía.

–No entiendo. Pensé que no querías titulares sobre los Beaumont.

Al menos, eso era lo que le había entendido el día anterior.

–Así es. De todas formas, Byron es noticia. Hace un año que se marchó a Europa y ni siquiera yo sé por qué. Vamos a aprovechar que ha vuelto.

¿De veras hablaba en serio? Sí, eso parecía.

–Es la clase de situación que estoy acostumbrado a tratar –continuó–. Sé controlar a esa prensa. No voy a permitir que te traten mal.

–¿Por qué?

–¿Por qué qué?

Whitney tragó saliva.

–¿Por qué estás haciendo esto por mí?

–Porque es lo correcto.

Quería creerlo, pero...

–¿Vas a lanzar a los tiburones a un Beaumont por mí? Ni siquiera me conoces.

–Eso no es cierto. Él está de acuerdo. La situación está bajo control –volvió a repetir como si fuera su mantra.

No podía creerlo por mucho que lo dijera.

–Ni siquiera me conoces –repitió ella–. Ayer, me habrías lanzado a mí a los tiburones.

–Sé que crías caballos, que salvas perros, que le pones el nombre de cantantes a tus gatos y que estás dispuesta a hacer cualquier cosa por tus amigos, aunque eso implique estar en primera línea de fuego –dijo, y se quedó mirándola–. Sé que prefieres llevar vaqueros y botas, pero que también disfrutas poniéndote un vestido como cualquier otra mujer. Sé que en otra época fuiste una estrella de rock, pero que ya no lo eres.

Whitney sintió que le ardían las mejillas ante aquellos halagos. Pero entonces, reparó en lo que acababa de decirle. ¿Una estrella del rock? La mayoría de la gente la consideraba una actriz y pocos la tenían por cantante.

A menos que... Allí pasaba algo y tenía que averiguar cuanto antes de qué se trataba.

–Me reconociste en cuanto me viste.

Whitney advirtió que se aferraba al volante.

–Todo el mundo te reconoce. Ya viste lo que pasó hoy durante la comida.

–Aquellas mujeres me reconocieron –matizó–, porque me veían de niñas.

–Seguramente.

Parecía nervioso.

–¿Veías mi programa?

–Frances, mi hermana pequeña, lo veía.

–¿Lo veías con ella?

El silencio se prolongó tanto, que Matthew decidió no contestar. Solía ver el programa por ella.

–¿Fuiste a alguno de mis conciertos? ¿Es por eso que me consideras una estrella del rock?

Matthew tocó la bocina al coche de delante y atravesó bruscamente dos carriles.

Por lo general, no le gustaba conocer la versión que otras personas tenían de su pasado. Pero necesitaba saber. ¿Era esa la razón por la que se había mostrado tan cambiante con ella?

–Matthew...

–Vale, vale, vale. Sí, solía ver tu programa con Frances y Byron. Sobre todo Frances, era una gran seguidora tuya. Nunca nos lo perdíamos. Era el único momento que podía sacar para ellos. No quería que se sintieran olvidados por la familia. Nuestro padre tenía una nueva vida, con una nueva esposa, unos nuevos hijos y una nueva amante. Nunca tenía tiempo para nosotros y no quería que mis hermanos crecieran como yo, así que veía el programa con ellos. Y entonces, la semana antes de su décimoquinto cumpleaños, diste un concierto en Dénver, así que compré entradas en primera fila y los llevé. Nuestro padre se había olvidado de que era su cumpleaños, pero yo no.

Whitney permaneció sentada, estupefacta. Jo le había contado que Hardwick Beaumont era un impresentable, pero no recordar el cumpleaños de sus propios hijos...

–Y... y estuviste increíble, ¿de acuerdo? Siempre me había preguntado si cuando cantabas o tocabas la guitarra en el programa lo hacías tú o alguien lo hacía por ti. Pero estabas sola en el escenario y ofreciste un espectáculo increíble –dijo Matthew, y su voz se entrecortó, como si se hubiera perdido en sus recuerdos y estuviera deleitándose de nuevo con su talento musical–. Yo siempre…

Suspiró.

–¿Qué, tú siempre qué?

–Siempre estuve enamorado de ti –contestó lentamente, como si no pudiera creer lo que estaba diciendo–. Al verte en persona y comprobar lo buena que eras, mis sentimientos se hicieron más intensos. Cuando se canceló el programa y perdiste el rumbo, me sentí como un estúpido. Era como si me hubiera dejado embaucar, como si me hubiera enamorado de una ilusión solo porque eras muy guapa y tenías talento. Por entonces estaba en la universidad y no estaba bien enamorarse de una estrella infantil, pero cada vez que te veía en los titulares, volvía a sentir algo por ti.

¿Qué podía decir ante aquello? ¿Que sentía haber destrozado parte de su infancia, que ella no había tenido infancia?

Estaba acostumbrada a que la gente le dijera cuánto la quería. No dejaban de gritárselo por la calle. También le mandaban cartas de amor que su agente le hacía llegar junto al cheque quincenal. Y siempre había alguien que le decía que se sentía decepcionado con ella por no ser un modelo a seguir dada su faceta de cantante de rock, por no ser como querían que fuese.

–Anoche, ¿no estabas enfadado conmigo, verdad?

Matthew sonrió, aunque no parecía contento.

–No, estaba enfadado conmigo mismo.

¿Por qué no se había dado cuenta antes? Sentía un amor platónico por ella. Bueno, por ella no, por Whitney Wildz.

–Pero me besaste.

No había sido un beso sexual, pero eso no cambiaba nada. Matthew se pasó una mano por el pelo y luego salió de la autopista. Pasaron unos minutos antes de que volvieran a hablar.

–Sí, te besé –dijo como si le costara creerlo–. Mis disculpas.

–¿De verdad te estás disculpando? ¿Por un beso? ¿Tan mal estuvo?

–No me devolviste el beso.

–Porque no sabía a quién pensabas que estabas besando.

–A ti, te estaba besando a ti.

Quería preguntarle que a quién. No era momento de ambigüedades. Tenía que quedar claro entre ellos. Quería saberlo porque si pensaba que estaba besando a la estrella de rock o a la actriz, no podría devolverle el beso. Pero si a quien creía estar besando era a una patosa, enamorada de los animales...

No pudo hacerle aquella pregunta tan importante para ella porque acababan de llegar a la verja de entrada al rancho de los Beaumont.

–Señor Beaumont, señorita Maddox –los saludó el guarda, permitiéndoles el paso.

Matthew tomó el camino que llevaba a la casa a una velocidad temeraria. La última curva la dio tan rápido que Whitney tuvo que agarrarse a la manilla de la puerta, antes de detenerse en seco ante la casa de Phillip y Jo. No parecía haber nadie dentro.

Whitney sentía que la cabeza le daba vueltas por algo más que el viaje. No se atrevía a mirarlo, así que se quedó observando la casa.

–¿Quién soy para ti?

Por el rabillo del ojo vio que soltaba el volante.

–¿Puedo acompañarte dentro? –dijo Matthew, ignorando su pregunta.

–Está bien.

Salieron del coche. Matthew abrió la puerta y se hizo a un lado para dejarla pasar. Whitney tuvo que pararse; estaba oscuro y no sabía dónde estaba el interruptor.

–Aquí.

La voz de Matthew sonó junto a su oído. Ella dio un paso atrás y se topó con la pared.

Matthew pasó el brazo por detrás de Whitney y encendió la luz, pero no se apartó de ella. En vez de eso, se quedó allí, mirándola con intensidad. ¿Qué hacía la gente en esas situaciones?

Seguía deseando lo mismo que había deseado nada más llegar: tener una aventura para recuperar su interés por salir con hombres y tener relaciones. Quería sentirse sexy, atractiva y deseada.

Pero en la mirada de Matthew había algo más que simple atracción, y eso la asustaba.

–Creo que no están en casa –dijo Matthew con voz profunda.

–Es una lástima –replicó ella.

En aquel momento, viendo el deseo en sus ojos, se sentía sexy y deseada. Quería disfrutar de una aventura navideña. La dama de honor y el padrino, algo breve, dulce y muy placentero.

–¿De veras? –preguntó él.

–No.

Whitney se volvió hasta apoyar la espalda en la pared. Matthew aprovechó para envolverla entre sus brazos.

–Me estaré quieto, si eso es lo que quieres.

Ella se limitó a acariciarle la mejilla.

–No sé qué eres para mí –dijo apoyando su frente en la de ella–, pero sé quién eres.

Esta vez, Whitney sabía que el beso no sería un suave roce de labios como la vez anterior. Esta vez, sería un beso que la consumiría. Pero Matthew todavía no había contestado su pregunta. Le puso las manos en el pecho y lo empujó para detenerlo, aunque no para apartarlo.

–Dime, Matthew, ¿a quién vas a besar?

–A Whitney –susurró tomando su rostro entre las manos, mientras la empujaba con todo su cuerpo contra la pared–, a Whitney Maddox.

Whitney no esperó a que la besara, hundió los dedos en el jersey y tiró de él para tomar posesión de su boca. Él gimió mientras sentía que le mordía el labio inferior antes de hacerse con el control. Luego, buscó con su lengua la suya, dejó caer las manos por sus hombros y la tomó en brazos.

–Deberías ser más alta –dijo, y empezó a besarla por el cuello.

La levantó, tomándola del trasero para acortar los veinte centímetros de altura que los separaba. Whitney no tuvo otra opción que rodearlo con las piernas por la cintura y atraerlo hacia ella. A través de los pantalones pudo sentir su erección y se estremeció. No podía ignorar un segundo más aquel deseo.

Matthew la buscó con sus caderas. Sentía la fuerza de sus manos sobre las nalgas. La presión era intensa. Su cuerpo se sacudió contra el de ella, rozando aquel punto que aumentaba el placer en espiral. Deseaba acariciarlo, sentir todos aquellos músculos que la estaban sujetando como si no pesase nada. De repente, tuvo que aferrarse a él como si su vida dependiera de ello.

Dejó caer la cabeza hacia atrás y se chocó contra la pared, pero no le importó, especialmente después de que Matthew comenzara a besarla por el cuello y la clavícula. Luego, la empujó con las caderas, buscando su centro una y otra vez.

–Oh, Matthew –jadeó Whitney.

–Te gusta, ¿verdad? –preguntó junto a su pecho.

–Sí.

–Dilo más alto –dijo empujando con más fuerza.

–Oh, sí.

Jadeó otra vez. Estaba a punto de…

Volvió a embestirla al tiempo de morderla en el hueco entre el hombro y el cuello, y…

–Oh, sí, sí, sí –gritó Whitney al alcanzar el orgasmo, mientras la sostenía contra la pared.

–Bésame –le pidió, apoyando la frente en la de ella–. No dejes de besarme nunca.

Así que lo besó y su cuerpo se fue relajando entre sus brazos.

–Dime qué es lo que quieres –dijo Matthew, que ya volvía a mover las caderas contra su entrepierna–. Quiero que esto sea perfecto para ti. Pídeme lo que quieras.

Ella tomó su rostro entre las manos.

–¿Perfecto?

–¿Lo dudas?

¿Después de aquel orgasmo? Pero si todavía estaban completamente vestidos. ¿Qué sería capaz de hacer cuando estuvieran desnudos?

Ella sonrió traviesa.

–Demuéstramelo.

Capítulo Nueve

–Claro que te lo demostraré –dijo Matthew.

Volvió a cargar con ella y se dirigió a su antigua habitación. Si no se quitaban toda aquella ropa de inmediato, iba a explotar. Además, Whitney no dejaba de mordisquearle el lóbulo de la oreja y estaba a punto de perder el control.

Aunque lo cierto era que había perdido el control de su vida desde el mismo momento en que había aparecido en su vida.

–Esta es mi antigua habitación –dijo él al llegar a la puerta, y la abrió empujándola con el pie.

Dejó a Whitney sobre la cama. Aunque normalmente se tomaba su tiempo con las mujeres y disfrutaba con ellas, siempre mantenía sus sentimientos al margen.

Tenía a Whitney en su antigua cama, con el pelo revuelto y la pintura de los labios corrida. Ya no era aquella belleza que había besado tímidamente en el salón de belleza.

Era suya, al menos en aquel momento, y no podía contenerse.

Se quitó la chaqueta mientras ella se retorcía tratando de despojarse de los vaqueros. Entonces, justo cuando Matthew se estaba sacando el jersey por la cabeza, le dio una patada en el estómago.

–¡Ay! –exclamó, y se hizo a un lado para acabar de quitarse el jersey.

–Lo siento, lo siento mucho.

Whitney se quedó tumbada boca arriba. Tenía los vaqueros medio bajados en una pierna y atascados en el tobillo de la otra.

–No era mi intención…

Matthew tiró de los vaqueros y se los quitó. Luego se metió en la cama.

–Lo siento –susurró Whitney, como si estuviera a punto de llorar.

Él se sentó a horcajadas sobre sus piernas y le sujetó las muñecas por encima de la cabeza.

–Olvídalo. ¿Nerviosa?

Ella apartó la mirada y se encogió de hombros.

–Mírame –le ordenó Matthew–. ¿Todavía quieres hacer esto?

–Soy muy torpe. Siento haberte dado una patada –respondió sin mirarlo.

–Mírame, Whitney –repitió.

Al ver que no le obedecía, le sujetó las muñecas con una mano y con la otra la tomó por la barbilla para que se volviera hacia él.

–Acepto las disculpas. Ahora, olvídalo.

–Pero…

La interrumpió con un beso.

–Una de las cosas que más me gustan de ti es lo patosa que te vuelves cuando estás nerviosa. Me resulta tierno.

–No quiero resultar tierna –dijo con una expresión desafiante.

–¿Qué quieres?

Whitney respiró hondo y permaneció en silencio. Matthew deslizó una mano por debajo de su jersey y fue subiendo hasta que encontró uno de sus pechos. Era generoso y cálido, y muy receptivo. A pesar del sujetador, su pezón se endureció nada más rozarlo.

–¿Es esto lo que quieres?

Whitney no respondió con palabras, pero la respiración se le aceleró y se mordió el labio inferior con los dientes. El poco control que había conseguido recuperar después de que le diera la patada, empezó a decaer. Acarició el pezón entre sus dedos y ella se arqueó.

–¿Es esto lo que quieres? –repitió.

Ella asintió.

–Dímelo, dilo en voz alta o te ataré a esta cama para obligarte a decirlo.

Nada más pronunciar aquellas palabras, Matthew no pudo evitar preguntarse a qué habían venido. No solía ir por ahí atando a nadie, eso no iba con él. Cuando soñaba con Whitney Wildz ni siquiera sabía que la gente hacía ese tipo de cosas.

Pero ella no contestó. Abrió los ojos como platos y no dijo nada. Luego se chupó los labios y entonces, Matthew perdió la cabeza.

Había aceptado el reto.

Soltó su pecho, la hizo incorporarse y le quitó el jersey. Luego, hizo lo mismo con el sujetador. Ella no dijo nada mientras la desnudaba, pero cuando la besó en el costado y le acarició el hombro con la lengua, se estremeció.

Ya no podía parar aquello que había empezado.

La había hecho gritar en el vestíbulo y volvería a hacerlo. Se quitó la corbata y se la colocó a Whitney alrededor de las muñecas, sin apretar demasiado para no hacerle daño. Aunque conociéndola, podía darle un codazo en la nariz y echar a perder una velada de buen sexo.

Aseguró la corbata a sus muñecas y la ató al cabecero. Luego, se bajó de la cama.

Whitney Maddox estaba desnuda, excepto por las bragas rosas que tan bien le quedaban. Sus pechos eran impresionantes. Deseaba hundir la cabeza en ellos y lamerlos hasta que gritara su nombre de puro placer. La tenía atada a su cama y le había dejado hacerlo, prueba de que lo deseaba. Nunca en su vida había estado tan excitado.

Se desvistió a toda prisa, deteniéndose el tiempo suficiente para sacar el preservativo que llevaba en la cartera. Después de ponérselo, volvió junto a ella.

–Quiero verte completamente desnuda –dijo, y empezó a bajarle las bragas.

Fue a levantar las piernas para que pudiera sacárselas por los tobillos, pero le sujetó los pies.

–Yo me ocupo, Whitney.

Recorrió sus pechos con uno de sus dedos y vio cómo se estremecía ante aquella caricia. Luego, se colocó entre sus piernas y acarició su cuerpo. Ella jadeó, sacudiendo la cabeza de un lado a otro mientras disfrutaba de sus caricias.

Matthew no podía esperar mucho más.

–¿Estás bien? –le preguntó.

Quería estar seguro. Podían seguir con aquel juego, pero no quería hacerle daño.

–Si no te parece bien –añadió–, dímelo.

–Está bien –balbuceó Whitney, tratando de acercar las caderas a su pene–. ¿Te resulto sexy?

–Oh, cariño.

Era incapaz de contestarle con palabras, así que se colocó sobre ella y la penetró.

–¡Matthew! –exclamó jadeando, al igual que cuando había gritado en el vestíbulo.

–Sí, grita más alto –dijo, embistiéndola con más fuerza.

Whitney sacudió las piernas bruscamente y a punto estuvo de darle un rodillazo en las costillas.

–No, no te muevas –le ordenó, sujetándole las piernas con los brazos.

Luego, se inclinó sobre ella. Estaba completamente entregada a él.

–¿Es esto lo que quieres? –preguntó.

–Sí.

–Dilo más alto –dijo penetrándola una y otra vez.

–Sí, oh, Matthew, sí.

En aquel momento, lo único que le preocupaba era hundirse en su cuerpo, ni problemas familiares ni prensa. Tenía toda la atención puesta en aquella mujer que gritaba su nombre una y otra vez.

De repente, su cuerpo se tensó alrededor de su miembro.

–Bésame –le pidió Whitney–. Bésame, por favor.

–Bésame tú también –dijo, uniendo sus labios a los de ella.

Toda ella se puso rígida al besarlo. Luego se dejó caer, respirando pesadamente.

Matthew se rindió a su cuerpo. Ya no podía seguir conteniéndose.

Se recostó sobre su pecho y Whitney lo atrajo hacia ella con sus piernas, aferrándose a él con fuerza. Sabía que tenía que levantarse para no perder el preservativo, pero era incapaz de separarse de ella después de lo que habían hecho.

¿De veras la había atado y le había hecho gritar su nombre? Aquello parecía más propio de su padre.

–¿Puedes desatarme? –preguntó ella jadeando.

Matthew se sentó y deshizo el nudo del cabecero. Le gustaba mucho aquella corbata, pero la había echado a perder. Fue a levantarse de la cama para asearse y vestirse, pero ella se incorporó y lo abrazó con tanta fuerza que casi le hizo daño. Después de unos segundos de sorpresa, la rodeó con sus brazos.

–Gracias –susurró ella–. Ha sido…

–¿Perfecto?

Whitney se recostó en él y se quedó mirándolo con una sonrisa sugerente en los labios. Podía volver a hacerle el amor. Tenía otro preservativo. Podía volver a atarla con la corbata.

–No estoy segura. Quizá tengamos que repetirlo más tarde. Lo digo por comparar –dijo sonriendo con picardía, antes de que una sombra de duda asomara en su rostro–. Bueno, si quieres –se apresuró a añadir.

Matthew volvió a estrecharla entre sus brazos.

–Me gusta la idea. Has estado increíble, excepto por la patada.

Ella rio, hundiendo la barbilla en su cuello. La tomó por una de las muñecas y la besó por donde había estado atada.

Desde el suelo, su teléfono móvil vibró al recibir un mensaje. Entonces, el recuerdo de lo que debía estar haciendo lo devolvió a la realidad.

¿Por qué estaba pasando la tarde con Whitney en la cama? Aquella no era manera de organizar una boda ni de mantener limpia la imagen de la familia, una imagen de la que iba a tener que ocuparse en cuanto Byron hiciera lo que tenía que hacer. Tenía que cuidar de la familia y demostrar que era un miembro más de ella.

Whitney lo besó en la mejilla.

–¿Tienes que irte?

–Sí.

No quería hacerlo. Prefería quedarse allí, abrazado a ella y mandar la boda al infierno. Al fin y al cabo, ya había hecho todo lo que había podido.

Lo único que le importaba era Whitney, y eso no estaba bien. Iba a seguir causándole quebraderos de cabeza, y eso que solo hacía veinticuatro horas que la había conocido.

El teléfono volvió a vibrar, y lo hizo unas cuantas veces más. Seguramente, Byron ya habría hecho lo que habían comentado.

–Tengo que acudir al rescate de Byron. Te veré luego.

Se levantó de la cama, tiró el preservativo y se vistió lo más rápido que pudo. Para cuando terminó, su teléfono no paraba de emitir sonidos.

–¿Cuándo volveremos a vernos?

Whitney se sentó en la cama y recogió las rodillas bajo su barbilla. Desnuda, se la veía vulnerable.

–Mañana, para comer. Tienes que decidir dónde quieres celebrar la despedida de soltera. Te enseñaré unos cuantos sitios para que elijas.

Tomó el teléfono. Le habían llegado un montón de mensajes en los últimos cinco minutos.

–Vendré a recogerte a las once, así podrás estar un rato con Jo y tendré tiempo para ocuparme de algunos asuntos.

Se inclinó y le dio un beso, antes de salir por la puerta.

Sabía que no debería extrañarle ver a su hermano Phillip en mitad del salón. Después de todo, aquella era su casa. Pero lo último que quería en aquel momento era tener que hacer frente a su hermano. Phillip lo miró enarcando una ceja, pero no le preguntó por Whitney.

–Byron está detenido. Ha dicho que lo siente, pero que no ha podido evitar acabar con un ojo morado.

Matthew se encorvó. Aunque su hermano pequeño había cumplido lo que le había pedido, se sentía al pie de una enorme montaña que tuviera que escalar.

–¿Qué ha hecho?

–Fue a un restaurante y ordenó la cena. Luego pidió ver al cocinero y se lio a puñetazos con él.

Matthew se pellizcó el puente de la nariz.

–¿Y?

–La prensa dice que fue porque pidió salmón.

–Sí, ya, muy divertido. Le llamaré.

–¿Todo bien con Whitney? –le preguntó Phillip cuando se dirigía a la puerta.

–Sí –contestó acelerando el paso.

Tenía que salir de allí cuanto antes. Pero Phillip fue más rápido y le interceptó en la puerta.

–¿Mejor que ayer?

–Sí. Si me disculpas…

Phillip sonrió.

–No sabía que supieras divertirte. Siempre has salido con mujeres muy aburridas.

–No sé de qué estás hablando.

Estaba acostumbrado a negarlo todo, ya fuera a su familia o a la prensa y, después de años de práctica, se le daba muy bien. Phillip le dedicó aquella sonrisa de superioridad que Matthew tanto odiaba.

–Solo un consejo, de un Beaumont a otro: límpiate los labios de carmín antes de salir de una habitación.

Matthew se quedó de piedra antes de limpiarse los labios con el dorso de las manos.

–No es lo que parece.

–¿De veras? Porque parece que hayas pasado la tarde con la dama de honor de la boda.

Matthew apretó los puños.

–No te preocupes, no voy a lanzar piedras contra tu torre de marfil –añadió Phillip–. Aclárame una cosa: esto no tendrá nada que ver con eso que dice Byron que le pediste, ¿no?

–Ni se te ocurra molestarla –farfulló tomando a Phillip por la camisa.

–Venga, hombre –dijo Phillip, tratando de soltarse de Matthew–. Tranquilo.

–Después de todos los líos de los que te he sacado, prométeme que dejarás a esa mujer en paz o Byron no será el único que vaya a la boda con un ojo morado.

–Tranquilo, hermano, no voy a hacer nada.

Matthew lo soltó.

–Lo siento.

–No, no lo sientes. Venga, vete a rescatar a Byron para que podamos mostrar esa imagen de familia perfecta en la boda. Eso es lo que quieres, ¿verdad?

Mientras conducía de vuelta, Matthew no pudo dejar de pensar en la boda, en los asuntos familiares y en Whitney. Tenía que sacar aquella boda adelante y dejar claro su mensaje, tenía que demostrar que su sitio estaba allí, con los otros Beaumont.

Pero ¿estaba seguro de que era eso lo que quería?

Capítulo Diez

Miró la hora. Quedaban tres minutos para las once. Se había levantado a la misma hora de siempre y se había ido con Jo a ver a la yegua que estaba adiestrando. Su amiga había evitado mencionar a Matthew, salvo la pregunta que le había hecho al final, después de una larga pausa.

–Matthew y tú... ¿todo bien ayer?

–Sí, creo que tenías razón sobre él. Parece un buen tipo, aunque está algo agobiado –le había contestado.

Iba a pasar la tarde con él, lo cual le hacía mucha ilusión. Hacía mucho tiempo que no tenía sexo y Matthew era sin lugar a dudas el mejor amante que había tenido. Pero no podía evitar sentirse nerviosa. Después de todo, la había atado a la cama y le había hecho alcanzar el orgasmo varias veces. ¿Cómo iba a ser capaz de mirarlo a los ojos después de aquello? Se había acostado con muchos hombres en su etapa alocada y había tenido experiencias fantásticas, pero nunca había tenido aquella clase de sexo estando sobria. De hecho, nunca había tenido sexo estando sobria. Nunca había mirado a un amante a los ojos sin la ayuda de alguna sustancia que disimulara la ansiedad que sentía por lo que había hecho o por lo que todavía podía hacer.

Se ajustó el gorro. No sabía qué hacer a continuación. Al menos, estaba con Betty. Las orejas del pequeño burro eran suaves y acariciarlas le ayudaba a controlar la ansiedad. No dejaba de repetirse que todo saldría bien.

Justo a las once, Matthew apareció en la puerta de la casa de Phillip y Jo, tomó su rostro entre las manos y la hizo olvidar todo, excepto las sensaciones que le producían sus caricias.

–Hola –le dijo apoyando la frente en la suya.

Quizá aquello no fuera tan complicado. No se lo había parecido el día anterior, cuando la había acorralado contra la pared. Sonrió y lo rodeó con sus brazos por la cintura.

–Hola –respondió ella–. ¿Llevas corbata?

Sus mejillas se sonrojaron, pero no parecía avergonzado. Más bien, parecía tener hambre de más, de hambre por ella.

–Me gusta llevar corbatas –contestó, pero no hizo amago de quitársela–. ¿Estás lista?

Ella asintió, incapaz de contener su nerviosismo.

–¿Tenemos que irnos, verdad?

Matthew se apartó y le ajustó el gorro, asegurándose de que todo el pelo quedara oculto debajo.

–Iremos a ver sitios. He borrado un par de direcciones, así que solo iremos a cuatro. Aparcaremos, entraremos a echar un vistazo a la carta y nos iremos, ¿de acuerdo?

–¿Y la comida?

–He decidido que comamos en mi apartamento.

–¿Así que has decidido eso, eh?

Hasta el momento, no había conseguido hacer una comida completa con él. Estando solos en su apartamento, ¿comerían o...?

Matthew le acarició con el pulgar el labio inferior.

–Tenemos que irnos.

Después del beso que siguió a aquel anuncio, ¿cómo iba a arreglárselas para comer sin arrancarle la ropa? Volvió a sentirse intranquila cuando se metieron en el coche para salir del rancho. No solía meterse en la cama con un hombre al que solo hacía un día que conocía, no desde que había cambiado de vida.

–Estás nerviosa –observó él una vez en la autopista camino a Dénver.

No podía negarlo. Al menos, había conseguido meterse en el coche sin tropezarse con él ni con nada. Pero no quería reconocer que estaba nerviosa, así que decidió cambiar de conversación.

–¿Cómo está tu hermano Byron?

Matthew resopló.

–Está bien. He conseguido sacarlo de la cárcel. Nuestros abogados están trabajando para que retiren los cargos. Pero el ojo morado no se le quitará antes de la boda, por lo que he tenido que incluirlo en la lista de la maquilladora.

–Vaya.

Se mostraba preocupado por aquella situación, pero estaba segura de que le había pedido a su hermano que hiciera algo para desviar la atención de ella. No podía evitar sentir que todo aquello era culpa suya.

–Aun así, la prensa ha mordido el anzuelo. ¿Cómo dejar pasar la ocasión de indagar en la vuelta del hijo pródigo de los Beaumont?

Whitney se sintió aún peor. Aquella no era la imagen que Matthew quería transmitir. Estaba segura de que era eso precisamente lo que había querido evitar.

–Te has vuelto a quedar callada –dijo, y alargó la mano para acariciarle el muslo–. Esto no es culpa tuya.

Aquel gesto la tranquilizó.

–Pero no es lo que querías. El que Byron haya sido arrestado no es bueno para la imagen de la familia Beaumont.

–Lo sé, pero puedo arreglarlo. Es a lo que me dedico. No hay publicidad mala.

–¿Por qué? ¿Por qué es eso lo que haces?

Matthew apartó su mano y se quedó tamborileando con los dedos en el volante.

–¿Qué sabes de los Beaumont?

–Sé que teníais una cervecera hasta hace poco. Y Jo me contó que tu padre tuvo muchos hijos con cuatro mujeres, además de muchas amantes. Y que se olvidaba de los cumpleaños.

–¿Te ha contado Jo algo más?

–Sí, que temes que todas las exesposas no sepan guardar las formas.

–Es cierto. Les he dicho que si alguna monta una escena, se las verá conmigo. Nadie en esta familia tiene un pasado limpio. He ocultado muchos escándalos. No se atreverán a enfadarme. Saben muy bien lo que puedo hacerles.

Whitney fue asimilando lentamente todo lo que acababa de decirle. De repente, sentía como si estuviera con el hombre que había visto la primera noche, aquel que la hubiera estrangulado si hubiera tenido la oportunidad. No era el hombre que le había hecho el amor la noche anterior. ¿Había usado a su hermano como anzuelo para protegerla o porque era más fácil resolver aquel entuerto?

–¿Tienes las manos limpias?

–¿Cómo?

–Dices que nadie tiene un pasado limpio en tu familia. ¿Eso te incluye a ti también?

Matthew tensó la mandíbula y volvió a mirarla. Aunque no dijo nada, Whitney sabía lo que estaba pensando. Sí, él también tenía las manos sucias desde que la atara a la cama.

Justo entonces, el teléfono de Matthew vibró y miró la pantalla.

–Tenemos que darnos prisa.

No era el momento de hablar de él.

Era evidente que sabía mucho sobre su pasado, pero ¿qué sabía ella de él? Simplemente que era un Beaumont, que siempre estaba en la retaguardia y que se dedicaba a los escándalos.

–Ya hemos llegado –anunció después de unos minutos más en el coche.

Whitney asintió y se preparó para lo peor.

La decoración del restaurante resultaba exagerada: paredes blancas, sillas blancas y lo que debían de ser obras vanguardistas en tonos blancos y negros. Junto a la entrada, había un árbol blanco con adornos del mismo color. Era el árbol de Navidad más triste que había visto en su vida. Whitney sabía que Jo se sentiría deprimida en un sitio como aquel.

–¿Va en serio? –le preguntó a Matthew después de leer el menú.

Estaba en francés, por lo que no sabía qué tipo de comida se servía allí.

–Es uno de los mejores restaurantes del estado –le aseguró.

Luego, fueron a otro restaurante más pequeño con tan solo seis mesas y cuyo menú estaba compuesto básicamente por productos macrobióticos que no estaba muy segura de que pudieran ser considerados alimentos.

–¿Conoces bien a Jo? –le preguntó a Matthew al salir de aquel sitio–. Ya sabes, es una vaquera, lo que le gustan son las hamburguesas y las patatas fritas.

–Es un restaurante agradable –dijo él poniéndose a la defensiva–. De vez en cuando, traigo a alguna cita aquí.

–Y después de traerlas aquí, ¿vuelven a quedar contigo? –preguntó con ironía.

Matthew le dirigió una mirada divertida. Ella rio. Se sentía a gusto. No había tenido que quitarse el gorro ni las gafas de sol, así que nadie había reparado en ella.

–¿No me digas que es eso lo que te gusta comer?

–Ten cuidado con lo que dices –dijo él tratando de ponerse serio–, o tendré que vengarme más tarde.

Whitney sintió que le subía la temperatura. ¿Qué le estaba ofreciendo?

–Promesas, promesas, ¿en alguno de los otros sitios que vamos a visitar sirven comida de verdad?

–Hay uno que... Espera, me llaman –dijo sacando el teléfono–. ¿Dígame? Sí, estamos de camino, gracias.

–¿Estamos de camino? –repitió ella.

–Ya lo verás.

Unos minutos más tarde, llegaron a su destino. Más que un restaurante, era un pub. De hecho, ese era su nombre, El Pub. Era todo de madera y latón.

–¿Un bar?

–Un pub –le corrigió–. Sé que Jo no bebe, así que he tratado de buscar sitios en los que no hubiera bar. Si por Frances fuera, os llevaría a un club de striptease.

Toda aquella búsqueda de un lugar donde celebrar la despedida de soltera no tenía nada que ver con Jo o con ella, sino con la imagen de perfección que quería proyectar.

–¿Estás intentando encontrar un sitio que quede bien en las páginas de sociedad?

Matthew se quedó pensativo unos segundos.

–Tienes razón.

La camarera se acercó.

–Señor Beaumont, enseguida les traeré lo que han encargado.

–¿Qué?

Matthew se volvió hacia ella y sonrió.

–Te prometí invitarte a comer –dijo entregándole la carta–. Aquí tienes.

–Si ya has encargado la comida.

–Sí, pero es para la despedida de soltera.

Whitney tomó la carta. Volvía a haber algunos platos macrobióticos, pero también había hamburguesas y patatas fritas.

–Al fondo tienen un salón privado –le explicó Matthew mientras esperaban–. Es perfecto, ¿no te parece? –añadió hablándole al oído.

Whitney sintió que se le erizaba el vello de la nuca. No esperaba que Dénver resultara tan cálida en Navidad.

–¿Sabías que iba a elegir este restaurante, verdad?

–Lo cierto es que he reservado un salón en los cuatro restaurantes. Estoy seguro de que hay periodistas tratando de averiguar cosas sobre la boda. Teniendo en cuenta que también hemos consultado los menús de los otros restaurantes, estarán despistados. Así estarán ocupados.

Whitney se quedó mirándolo boquiabierta. Qué manera de cubrirse las espaldas. Aquello sí que era organizarse bien, algo que nunca había sabido hacer en su relación con la prensa.

–¿De veras? No sé si es lo más paranoico que he oído nunca o lo más brillante.

Él sonrió y le acarició la mejilla.

–Hay que procurar ser prudente.

Iba a besarla en público. Ella mejor que nadie sabía que aquello no era una buena idea. Pero era incapaz de detenerlo o de apartarse. Había algo en aquel hombre que anulaba su sentido común.

Pero la camarera apareció y los interrumpió.

–Su pedido, señor Beaumont.

–Gracias. ¿Tenemos reservado el salón privado para el viernes, verdad?

–Sí, señor Beaumont.

Matthew tomó la bolsa con la comida.

–Vamos, mi apartamento no está muy lejos.

Matthew condujo hasta el garaje subterráneo de los apartamentos Acoma. No se había equivocado con El Pub, había hecho una buena elección.

Pero lo mejor de todo era la sensación de llevar a Whitney a su apartamento. No solía llevar mujeres a casa. En un par de ocasiones, se había encontrado con que habían querido relatar su encuentro y cobrar por ello. No dar a conocer su dirección era la mejor manera de estar seguro de que no se levantaría un día y se encontraría una nube de paparazzi ante su puerta a la espera de descubrir con quién había pasado la noche.

No le preocupaba que eso pasara con Whitney. Para empezar, no tenía pensado que pasara la noche allí, a pesar de que le gustaría. Por otra parte, nadie se había dado cuenta de que él era el hombre que estaba sentado al lado de Whitney Wildz en el restaurante el día anterior, algo que no acababa de creerse porque solía tratar con la prensa y su rostro era conocido.

Condujo a Whitney hasta el ascensor que subía hasta el ático. Dentro, la acorraló contra la pared y la besó con ansiedad. La comida podía esperar.

Ella jadeó y Matthew sintió que su cuerpo respondía. Había deseado hacer aquello desde que entró en casa de Phillip aquella mañana. Quería demostrarle que era espontáneo y que podía darle algo más que una tarde. Quería demostrarle que era algo más que un Beaumont.

Pero, ¿no era precisamente eso, el apellido Beaumont, lo que siempre le había preocupado?

–Oh, Matthew –susurró junto a su oído.

Sí, la comida podía esperar.

Las puertas del ascensor se abrieron y Matthew tiró de ella hacia el interior de su ático. Su intención era llevarla directamente al dormitorio, pero Whitney se detuvo en seco.

–Vaya, esto es perfecto.

–Gracias.

La dejó un momento mientras posaba la bolsa de la comida en la encimera y cuando volvió, la encontró paseando por el salón hacia el fondo. Allí estaban sus fotos.

Mientras Whitney las contemplaba, recordó algo que Phillip le había dicho la noche anterior. «Siempre has salido con mujeres aburridas».

Al menos, en teoría, eran perfectas. Eran mujeres de negocios que no buscaban la fortuna de los Beaumont porque ya eran ricas. Eran mujeres discretas que no buscaban una invitación al último gran evento de la cervecera Beaumont ni pretendían verse en las páginas de sociedad de los periódicos.

Whitney estaba causando un terremoto en su vida y no podía controlarlo. De hecho, estaba disfrutando.

–Esta –dijo Whitney poniéndose de puntillas para ver mejor una gran foto enmarcada que estaba en el centro de la pared–, es una foto de una boda ¿no?

Capítulo Once

–Sí, es de la boda de mis padres.

La tensión en su voz era evidente.

–Pero sales tú en la foto, porque este eres tú, ¿verdad? Y el niño que está a tu lado es Phillip, ¿no? ¿Este otro es Chadwick?

–Así es.

–¿Cuántos años tenías, cinco, seis? ¡Eras un niño!

Un tenso silencio se hizo después de aquel comentario. Whitney había cruzado una línea y no parecía importarle. Estaba ocupada estudiando la foto.

Un hombre, Hardwick Beaumont, aparecía con un elegante esmoquin. Estaba junto a una mujer que llevaba un vaporoso vestido blanco cubierto de cristales y perlas, con una cinta sobre la frente sosteniéndole su larga y voluminosa melena pelirroja. Por aquel estilo de peinado, la foto debía de ser de comienzos de los años mil novecientos ochenta.

Ante ellos estaban tres niños, todos ellos con esmoquin a juego. Hardwick tenía una mano en el hombro de Chadwick. A su lado había un niño rubio más pequeño, que lucía una sonrisa traviesa. La mujer sonreía a la cámara y tenía una mano sobre el hombro de Matthew, que parecía que lo estuvieran pinchando con una aguja.

–¿Sabías que cuando nací no me pusieron el apellido Beaumont?

Ella se quedó mirándolo.

–¿Qué quieres decir?

Matthew puso la misma expresión que en la foto.

–Phillip es seis meses mayor que yo.

–¿De verdad?

Se acercó a ella y la tomó de la cintura. Whitney se apoyó en él, deleitándose con su cercanía.

–En aquel momento fue un gran escándalo, incluso para los Beaumont. Mi madre había sido su amante estando todavía con Eliza, la madre de Phillip y Chadwick –dijo, e hizo una pausa antes de continuar–. Eliza tardó cuatro años en concederle el divorcio. Nací como Matthew Billings.

–Espera. ¿No viviste con tu padre?

–No hasta que tuve cinco años. Cuando Eliza descubrió mi existencia, entonces se divorció de Hardwick. Él se quedó con la custodia de Chadwick y Phillip, se casó con mi madre y nos fuimos a vivir a la mansión de los Beaumont.

Se quedó mirándolo antes de volver a fijarse en el pequeño niño de la foto. Matthew Billings.

–Pero Phillip y tú parecéis estar muy unidos. Además, estás organizando su boda. Pensaba que...

–¿Que nos criamos juntos? No –dijo sonriendo con amargura–. Recuerdo que mi madre me decía que tenía un padre que me quería mucho, y que tendría unos hermanos que jugarían conmigo, que no debía estar triste. Me decía que todo saldría bien, que todo saldría perfecto.

Por la manera en que lo estaba contando, era evidente que no había sido así. ¿A eso se debía su obsesión por la perfección? ¿Acaso llevaba toda su vida buscándola?

–¿Qué ocurrió?

–¿Tú qué crees? Chadwick me odiaba. Phillip a veces era amable conmigo porque él también se sentía muy solo. Otras veces, ambos se reían de mí porque no era un auténtico Beaumont. Además, mi madre enseguida se quedó embarazada de Frances y Byron y, una vez que nacieron... Bueno, ellos también eran Beaumont sin lugar a dudas –dijo, y suspiró.

Su padre se había olvidado de él. Eso era lo que Jo le había dado a entender, que entre todas aquellas esposas y amantes, Hardwick Beaumont no sabía ni cuántos hijos tenía. Vaya legado.

–¿Cómo has acabado siendo el que cuida de todos?

Matthew dio un paso atrás y la rodeó con sus brazos.

–Tuve que esforzarme en demostrar que era un auténtico Beaumont, no un Billings.

Agachó la cabeza y la besó en la base del cuello.

Whitney no quería que la distrajese con algo tan sencillo y perfecto como un beso. No cuando la clave para entenderlo estaba justo delante de ella.

–¿Cómo lo conseguiste?

Sus brazos fuertes y cálidos atrajeron su espalda hacia su pecho. Por un momento, pensó que iba a empujarla contra la pared y a hacerla gritar su nombre otra vez para evitar contestar a la pregunta.

–Decidí hacer lo mismo que Chadwick. Saqué las mejores calificaciones, estudié en la misma universidad e hice el mismo máster. También conseguí un trabajo en la cervecera, como Chadwick. Él era el perfecto Beaumont, y lo sigue siendo en muchos aspectos. Sé que ahora suena estúpido, pero pensaba que si podía ser el perfecto Beaumont, mi madre dejaría de llorar por los rincones y seríamos una familia perfecta.

–¿Funcionó? –preguntó, aunque ya sabía la respuesta.

–No –respondió estrechándola entre sus brazos.

Whitney se recostó en él, como si quisiera decirle que no tenía que ser perfecto para ella.

–Cuando Frances y Byron tenían cuatro años, mis padres se divorciaron. Mi madre trató de quedarse con nuestra custodia, pero no tenía dinero, así que los abogados de Hardwick fueron despiadados. Yo por entonces tenía diez años.

–¿Sigues viéndola?

–Sí, claro, es mi madre. Ahora trabaja en una biblioteca. No le da para pagar todos los gastos, pero es feliz –dijo deslizando las manos por su cintura–. En una ocasión me pidió perdón. Me dijo que sentía haber estropeado mi vida al casarse con mi padre.

–¿Piensas lo mismo que ella?

–No creo que pueda quejarme –dijo señalando a su alrededor–, ¿no te parece?

–Esto es perfecto –convino.

Lo mismo pensaba de aquella foto de boda. Parecían una gran familia feliz.

–Sí, bueno, si hay algo que he aprendido siendo un Beaumont es que las apariencias lo son todo. Como cuando aquel marido celoso pilló a mi padre con su esposa. Montaron una escena, por decirlo suavemente. Yo estaba en la universidad y cuando salí una mañana de mi apartamento, me encontré un tropel de periodistas y fotógrafos. Querían saber mi reacción, ya sabes, tener algo jugoso.

–Te entiendo.

Era como revivir su propio infierno. Todavía podía ver a los paparazzi empujándose para conseguir un mejor ángulo, gritándole cosas espantosas.

–No tenía ni idea de lo que había pasado, así que empecé a inventarme cosas –dijo, como si todavía no pudiera creerse lo que había hecho–. Dije que las fotos habían sido trucadas, que la gente era capaz de hacer cualquier cosa con tal de llamar la atención incluso de ponerle una trampa al hombre más rico de Dénver, que íbamos a demandarlos porque apoyábamos a Hardwick... La prensa mordió el anzuelo. Salvé su imagen. Estaba muy orgulloso de mí. Me dijo que así era como un Beaumont manejaba las situaciones y que siguiera cuidando de la familia para que todo saliera bien.

–¿Y fue así?

–Por supuesto que no. Su tercera esposa lo dejó, pero la compró. Siempre las compraba y se quedaba con la custodia de sus hijos. Le venía bien para su imagen mostrarse como un devoto hombre de familia que no tenía suerte con las mujeres. Pero supe desenvolverme tan bien que cuando quedó libre un puesto en el departamento de relaciones públicas, conseguí el trabajo.

Se había puesto a trabajar para su hermano después de una infancia infeliz. Whitney no estaba segura de que ella pudiera haber sido tan generosa.

–¿Tus hermanos todavía te odian?

–No, soy demasiado valioso para ellos –respondió entre risas–. He sacado a Phillip de un montón de líos y Chadwick me considera uno de sus mejores asesores. Ahora –dijo y tragó saliva–, soy uno de ellos. Soy un Beaumont legítimo, incluso el padrino de la boda, y no el bastardo que llegó a la familia con cinco años. Claro que me habría gustado de niño tener la certeza de que todo se resolvería.

Lo entendía perfectamente.

–¿Sabes lo que yo hacía cuando tenía cinco años?

–¿El qué?

–Audiciones. Mi madre me llevaba a todas las pruebas que había para anuncios. A mí no me interesaba actuar, solo quería montar a caballo. Pero ella estaba empeñada en hacerse famosa.

Nunca había entendido qué había pretendido Jade Maddox con poner a Whitney delante de toda aquella gente y fingir que era otra persona. ¿Acaso no se sentía a gusto consigo misma?

–Mi primer papel fue en *Larry, la llama.* ¿Te acuerdas de aquel programa? Yo era Lulu.

A su espalda, Matthew se quedó de piedra antes de romper a reír.

–¿Salías en ese programa? Era terrible.

–Sí, lo sé. Las llamas son unos animales extraños. Al parecer, todo el mundo pensó lo mismo, porque el programa se canceló a los seis meses. Supuse que ese sería el fin de las ambiciones de mi madre. Pero no fue así. Yo soñaba con tener hermanos. Ni siquiera conocí a mi padre hasta que fui famosa, y entonces me pidió dinero. Jade fue quien me animó a que hiciera una prueba para *Creciendo con Wildz*, quien insistió para que el nombre del personaje fuera Whitney.

–¿No era Whitney?

–Iba a ser Wendy Wildz –respondió sonriendo.

–Vaya.

–Yo estuve de acuerdo. Me parecía divertido tener el mismo nombre que el personaje. No tenía ni idea de que iba a ser el mayor error de mi vida porque ya nunca he podido alejarme de Whitney Wildz.

Matthew la rodeó y se quedó mirándola a los ojos.

–Para mí, tú no eres ella. ¿Lo sabes, verdad?

Ahora lo sabía. Al menos, estaba bastante segura.

–Sí.

Entonces, él sonrió.

–Así que Lulu.

Whitney lo tomó de las manos.

–Eh, era un buen programa con una llama parlante. ¿Estás criticando la calidad de un programa infantil escrito por adultos drogadictos? No te estarás mofando de las llamas, ¿no? Son unos animales majestuosos.

Matthew fue a soltar las manos, pero ella lo sujetó con fuerza. De repente dejó de reír y ella hizo lo mismo.

Se quedó mirando fijamente su corbata. Esta vez era morada, con unas diminutas amebas verdes. Le quedaba bien con la camisa azul que llevaba.

Él se inclinó y le acarició con los labios la frente y luego en la mejilla.

–¿Qué vas a hacer? –preguntó con voz sexy–. ¿Atarme? ¿Por reírme de una llama?

El día anterior había permitido que la atara y que tomara el mando de la situación porque así lo había querido. Pero aquel momento era diferente. Esta vez quería ser ella la que tomara las decisiones. Lo empujó hacia atrás, lo tomó por la corbata y le obligó a mirarla a los ojos.

–No permitiré que menosprecies a las llamas.

–Podríamos sentarnos –dijo él, señalando con la cabeza hacia la enorme mesa de comedor–. Si quieres.

–Claro que quiero. Nadie se libra de reírse de *Larry, la llama.*

Tiró de la corbata y lo llevó hasta la silla más cercana.

–Ese Larry era ridículo.

–Vas a lamentar haber dicho eso –dijo Whitney obligándolo a sentarse.

Le quitó la corbata de un tirón. No quería perder el tiempo desanudándola. No quería pararse a pensar en lo que estaba haciendo.

–¿De veras? –preguntó él, llevándose las manos a la espalda.

No sabía cómo atar a un hombre, así que enredó la corbata entre sus muñecas e intentó atarla al listón más cercano.

–Ya está, eso te enseñará.

–¿Ah, sí? –replicó Matthew–. Las llamas parecen haberle robado el cuello a las jirafas y…

Whitney lo interrumpió con un beso. Él intentó acariciarla, pero no pudo porque estaba atado.

Sentirse guapa, atractiva y deseable era todo lo que quería.

Se apartó de él y empezó a desnudarse, pero no como el día anterior, que lo había hecho tan rápido que había acabado dándole una patada. Esta vez, a una distancia prudencial, empezó a quitarse la ropa lentamente. Primero el jersey y luego fue desabrochándose los botones de la camisa vaquera.

Matthew no dijo nada. Tenía la mirada puesta en las manos de Whitney mientras iba abriéndose los botones uno a uno. Al ver que debajo llevaba una camiseta de tirantes blanca, se quedó decepcionado.

–Hace frío –dijo ella–. Es conveniente llevar varias capas de ropa cuando hace frío.

–¿Eso te lo han dicho las llamas? Mienten. Deberías estar desnuda ya.

Estaba a medio camino de quitarse la camiseta cuando le oyó decir aquello.

–Solo por eso, no voy a desnudarme.

–¿Qué? –dijo Matthew abriendo los ojos como platos.

Puso los brazos en jarras, haciendo resaltar sus pechos.

–No puedes tocarme porque estás atado.

Al oírse decir aquello en voz alta, se sintió poderosa.

Llevaba demasiado tiempo sintiéndose impotente. La gente opinaba lo que quería sobre ella, incluso sobre su forma de ser, sin molestarse en saber si tenía algo que decir. El único modo que había encontrado para controlar su vida había sido convirtiéndose en una ermitaña. En el valle, solo tenía a sus animales y al loco de Donald.

Pero Matthew no. Él la dejaba hacer lo que quería y ser quien quería. Podía ser ella misma, una mujer patosa preocupada por los animales, y seguir mirándola con aquel deseo en los ojos.

Se quitó las botas, se desabrochó los pantalones y, como por arte de un milagro, consiguió quitárselos sin tropezar ni caerse.

Los ojos de Matthew se iluminaron de puro deseo. Respiraba más rápido y se echó hacia delante buscando tocarla. La temperatura de su cuerpo aumentó. Se sentía sexy.

–¿Tienes preservativos?

Habían publicado tantas veces que estaba embarazada que no podía arriesgarse a que ocurriera de verdad. Lo último que quería era leer titulares especulando sobre quién era el padre.

–En la cartera, al lado izquierdo.

–Estás deseando que te toque, ¿verdad?

–Me solidarizo con las llamas –contestó, acercándose a él–, y hasta que no entres en razón...

–Oh, imposible, no veo ninguna razón. Las llamas son un error de la naturaleza.

–Entonces, vas a tener que quedarte atado.

Se colocó a horcajadas sobre él, pero sin apoyarse en su abultada erección. Deslizó las manos por detrás de su cintura y fue bajando hasta dar con su cartera. Luego buscó en ella, antes de dejarla en la mesa y volver a recorrerlo con las manos.

–La última vez, no pude tocar nada.

–Estabas atada.

Le acarició los hombros y fue bajando por sus pectorales, sintiendo sus músculos bajo la camisa y el jersey. Luego se recostó para poder seguir deslizando sus manos hacia abajo y acariciar lo que había bajo aquellos pantalones de *tweed*.

Matthew contuvo la respiración mientras ella acariciaba la longitud de su miembro. Se echó hacia delante y trató de besarla, pero ella se apartó.

–Asesino de llamas.

–Estás acabando conmigo –dijo, lanzándose hacia delante para buscar su mano.

Aquello era increíble. Whitney sabía que, si Matthew quería, podía soltarse la corbata y tomarla entre sus brazos. Y ella se lo permitiría sin oponer resistencia porque lo estaba deseando.

Pero no iba a hacerlo, porque ella estaba al mando de la situación y todo el poder era suyo en aquel momento.

Sintió que se le tensaban los músculos y se dejó caer sobre él, aumentando el contacto de sus cuerpos.

–Qué mujer –susurró Matthew.

Whitney lo azotó mientras se deslizaba.

–Te comportas como si nunca antes te hubieran atado.

–Es la primera vez –le aseguró con la mirada puesta en su cuerpo.

Se sintió lo suficientemente atrevida como para forzar una postura sensual, lo que provocó que Matthew dejara escapar otro gemido.

–¿Ah, sí?

–Sí, a mí no me había atado nadie antes –dijo mirándola a los ojos. ¿Y a ti?

–Tampoco.

Lo miró, tratando de mostrarse indiferente.

¿No lo había hecho antes? Lo había visto muy seguro la noche anterior. Por supuesto que no pensaba que un hombre tan apuesto fuera a ser virgen, pero sabiéndose la primera mujer que lo había atado a una silla, se sentía especial.

Tenía que recordar que aquello era tan solo una aventura, su vuelta al mundo sexual, y que no debía buscar sentimientos más profundos con Matthew Beaumont.

Tomó el preservativo de la mesa.

–Exijo una disculpa en nombre de Larry y de todas las demás llamas del mundo.

Entonces, dejó caer el preservativo y se agachó a recogerlo.

Matthew volvió a contener la respiración ante el espectáculo que le estaba ofreciendo.

–Imploro su perdón, señorita Maddox. Por favor, perdóneme, nunca volveré a poner en duda el honor de las llamas.

Lo necesitaba cuanto antes.

Se quitó las bragas, pero se dejó el sujetador puesto. Luego, le desabrochó los pantalones y se los bajó lo suficiente para colocarle el preservativo. Incapaz de seguir esperando, se colocó sobre él. Luego, le sostuvo el rostro entre las manos y lo miró a los ojos.

–Matthew...

Pero ya estaba empujando a la vez que ella se hundía en él y no había lugar para palabras.

–¿Quieres besarme? –preguntó, aunque sabía la respuesta.

–Siempre –dijo, y buscó su boca con la suya.

Sus lenguas se encontraron y Whitney se corrió unos segundos antes que Matthew. Luego, se dejó caer sobre él, deleitándose con las sacudidas del orgasmo. Entonces deseó no haberlo atado, porque quería que la abrazara.

–No sabía que las llamas te excitaran tanto. Tomaré nota –susurró deslizando los labios por su hombro desnudo.

Ella se echó para atrás y sonrió.

–¿Todo bien? No te habré hecho daño, ¿verdad? Debería haberte desatado.

–¡Espera!

Pero Whitney ya estaba detrás del respaldo de la silla.

La corbata estaba en el suelo, ni enredada en sus muñecas ni atada a la silla.

–Si no estabas atado, ¿por qué no me has tocado? –preguntó sorprendida.

Él se levantó y se puso los pantalones antes de darse la vuelta. Volvía a estar vestido, mientras que ella se había quedado en sujetador y calcetines. No era capaz ni de atar a un hombre.

–¿Por qué no me has tocado? –repitió.

Matthew se acercó a ella y la estrechó entre sus brazos.

–Porque me tenías atado –contestó con los labios pegados a su frente–. Quería que llevaras la iniciativa. Me había hecho esa promesa y me gusta cumplir mis promesas.

–Vaya.

La gente no solía cumplir sus promesas. Su madre no la había protegido ni había gestionado bien su dinero. Su exprometido no había cumplido nada de lo que le había prometido.

Solo podía contar con el loco de Donald, que no tenía ni idea de quién era, y con Jo, que le había prometido no contar nada de los meses que habían pasado juntas. También con Matthew, que estaba decidido a respetar sus deseos.

Desde algún lugar remoto, el teléfono de Matthew sonó.

–Nuestra comida debe de estar helada –dijo sin soltarla ni contestar el teléfono.

Al oír la palabra «helada» se estremeció. Después de todo, estaba desnuda.

–Todavía no hemos hecho una comida en condiciones.

El teléfono volvió a sonar.

–Tengo que ocuparme de algunos asuntos. Si quieres esperar un rato, te llevaré a casa y, luego, podemos intentar cenar en el rancho.

–Me parece bien.

–Sí, a mí también –dijo rozando los labios con los suyos, mientras el teléfono no paraba de sonar.

Capítulo Doce

Aquello se estaba complicando. Y lo peor era que él mismo se lo había buscado e iba a tener que asumir las consecuencias.

Matthew trató de quitarle importancia a la situación, pero no le era fácil teniendo en cuenta que Whitney estaba recorriendo su casa.

Ninguna de las mujeres que había llevado a su casa se había fijado en la foto de boda de sus padres. Quizá habían hecho algún comentario sobre lo mono que era de niño, pero su única intención siempre había sido acostarse con él. Querían descubrir de primera mano lo excitante que era estar con un Beaumont.

Pero Whitney no. Ella ya sabía lo que era la fama y la evitaba. No la necesitaba, no le importaba lo que otras personas pensaran de ella.

¿Qué pensaría de él, que a él sí le importaba? ¿Que él tenía las riendas del poder y la riqueza y que tenía que demostrar no solo que era un Beaumont, sino el mejor?

Debía centrarse. Tenía una misión que cumplir, un trabajo con el que pagaba aquel apartamento, los coches y, por supuesto, las corbatas. Matthew no tenía ni idea de por qué Byron se había enfrentado a aquel chef. Su intuición le decía que había algo más, pero no sabía de qué se trataba porque Byron no le había contado nada.

Así que Matthew haría lo que siempre hacía, trastocar la verdad y decir que el otro hombre había pegado primero a su hermano, que lo único que Byron había hecho había sido quejarse porque su salmón no estaba bien cocinado y el chef se lo había tomado a la tremenda. Byron se había limitado a defenderse. ¿Qué más daba que no fuera eso lo que el informe de la policía decía? Mientras Matthew siguiera repitiendo su versión de los hechos y cuestionando los motivos de los que no estuvieran de acuerdo con él, antes o después su realidad remplazaría lo que realmente había ocurrido.

–¿Qué hay aquí? –preguntó Whitney.

–¿Dónde? –contestó Matthew levantando la voz.

–Aquí. Vaya, esto sí que es una televisión grande.

–Estás en la sala de proyecciones.

–Alucinante.

Matthew aprovechó para enviar mensajes con su versión de lo que había ocurrido. Byron se había limitado a mostrar su disconformidad con un plato mal cocinado. Los Beaumont se alegraban de que hubieran llamado a la policía para arreglar el asunto y estaban deseando que todo se aclarara en el juzgado.

De repente, le llegó un nuevo correo electrónico. Era de Harper, un adversario de su padre:

Gracias por invitarnos a la recepción de Phillip en el último momento, pero nadie en la familia Harper tiene interés en asistir.

Aquel viejo zorro ni siquiera se había molestado en firmar el mensaje. En circunstancias normales, Matthew estaría molesto. Quizá lo estaba un poco.

–¿De verdad tienes tu propio gimnasio? –preguntó Whitney a gritos.

De repente, dejó de preocuparse por Harper.

–De verdad –contestó.

Mandó una breve respuesta a Harper diciéndole que le echarían de menos y que su padre siempre lo había considerado un amigo. Lo cual, era otra mentira. Los dos hombres se habían odiado desde el momento en que Hardwick había seducido a la primera esposa de Harper al mes de casarse.

Matthew comprobó el tiempo que hacía, apagó el ordenador y se fue a buscar a Whitney. Estaba en su cuarto de baño, contemplando la ducha y la bañera.

–¿Vives tú solo, verdad? Incluso el cuarto de baño es enorme.

–Así es. Tienes que tomar una decisión.

–¿Sobre qué? –preguntó sorprendida.

Matthew le pasó la mano por el pelo. Lo tenía revuelto de cuando le había hecho el striptease.

–El tiempo va a empeorar esta noche. Si quieres volver al rancho, tendremos que irnos enseguida.

–¿Tengo otra opción? –preguntó Whitney, esbozando una medio sonrisa.

–Puedes quedarte conmigo si quieres. Tengo mucho sitio. Además, así podría enseñarte cómo funciona la ducha, y la bañera.

Le gustaba la idea de contemplar su cuerpo desnudo y enjabonarla.

Ella le dedicó una mirada inocente a la vez que seductora.

–No he traído nada.

Él asintió. Solo porque no hubiera habido paparazzi esperándolos al llegar al edificio no significaba que no fuera a haberlos por la mañana. Lo último que necesitaba en aquel momento era que alguien lo viera junto a Whitney Wildz.

–Además –continuó poniéndose muy seria–, es Navidad y no tienes árbol. ¿Por qué no lo tienes? Este ático es increíble, pero sin árbol ni adornos navideños...

Matthew volvió a acariciarle las mejillas.

–La Nochebuena la paso con mi madre. Si Frances y Byron están en la ciudad, también vienen. Suele poner un pequeño árbol y prepara pavo asado con puré de patatas, nada de alta cocina.

Aquello nunca se lo había contado a nadie. Ese día era el único al año en que no se sentía Beaumont. En el pequeño apartamento de su madre, inundado de fotos de él con sus hermanos Frances y Byron, Matthew se sentía como si siguiera siendo Matthew Billings.

Era un viaje al pasado. En ocasiones se sentía nostálgico, pero no le duraba mucho. Luego, le entregaba a su madre algún regalo, le daba un beso de despedida y volvía a su mundo, aquel en el que nunca admitiría ser Matthew Billings.

–Suena adorable. Yo suelo ver *Qué bello es vivir* y comparto jamón con Gater y Fifi. Y les doy zanahorias a los caballos –dijo y suspiró, apoyándose en sus brazos–. Echo de menos tener a alguien con quien celebrar la Navidad. Por eso he venido a la boda. Bueno, quiero decir que he venido por Jo, pero...

–¿Qué te parece si nos vamos al rancho? Allí hay más ambiente navideño. Después de la boda, quizá podríamos pasar un tiempo juntos antes de que vuelvas a casa.

–Me gusta la idea, pero no te he comprado ningún regalo.

–Tú eres el único regalo que quiero –dijo estrechándola entre sus brazos, antes de besarla apasionadamente.

–¿Has acabado de trabajar? –preguntó ella cuando recuperó el habla.

–De momento, sí.

Más tarde, tendría que volver a sentarse delante del ordenador a mandar otra tanda de mensajes. Pero podía dedicar unas cuantas horas a Whitney.

–¿Quieres que te lleve a casa?

–Creo que no me queda otra opción. Mi furgoneta está en el rancho –dijo y lo miró preocupada–. ¿Se puede conducir tu coche en la nieve?

–Soy un Beaumont, tengo más de un coche.

Tras un agradable trayecto hasta el rancho en el todoterreno de Matthew, Whitney le preguntó si se quedaría a cenar. Jo ya le había hecho sitio en la mesa y Phillip había insistido en que se quedara.

Después de revisar sus mensajes para asegurarse de que no hubiera surgido ninguna novedad, Matthew se sentó a cenar pollo frito y puré de patatas. Por fin, con una agradable conversación sobre caballos y famosos, Whitney y él hicieron su primera comida juntos.

–Vamos a ver *Elf*, por si queréis acompañarnos.

–Hice una prueba para esa película –dijo Whitney–. Pero no tenía un buen día y lo hice fatal, así que le dieron el papel a Zooey Deschanel. Es una película muy divertida. Me gusta verla de vez en cuando.

Matthew miró a Phillip, que observaba muy serio cómo Matthew tenía el brazo alrededor de la cintura de Whitney.

–Claro –dijo Matthew–, será divertido.

Mientras las mujeres preparaban palomitas y chocolate caliente, Phillip se llevó a su hermano con la excusa de ir poniendo la película.

–¿Quién eres y qué le has hecho a mi hermano Matthew? –preguntó Phillip.

–Anda, déjame en paz.

–Corrígeme si me equivoco –continuó–. ¿No estuviste a punto de excluirla de la boda la otra noche?

–Déjame en paz.

–Y ayer... Bueno, es una mujer muy atractiva, no te culpo por acostarte con ella. ¿Pero hoy? Creo que nunca te había visto tan acaramelado.

Era evidente que Phillip estaba disfrutando con aquello. Matthew suspiró.

–¿Acaramelado?

–Digamos, cariñoso. No recuerdo la última vez que te he visto con una mujer. Y tú nunca ves películas, siempre estás trabajando.

–Todavía sigo trabajando. Dentro de un rato tendré que comprobar cómo sigue todo.

–No puedes quitarle las manos de encima.

Matthew se encogió de hombros, tratando de mostrarse indiferente. Claro que salía con mujeres y, de vez en cuando, tenía amantes. Era un Beaumont, tener aventuras formaba parte de su identidad.

«Mujeres aburridas», recordaba que le había dicho Phillip el día anterior. Eran mujeres a las que llevaba a restaurantes pretenciosos, pero que nunca llevaba a su casa para que nadie supiera que había pasado la noche acompañado. Por supuesto que sabía ser cariñoso, pero también tenía que ser prudente.

No veía el momento de que Jo y Whitney volvieran con las palomitas.

–Me gusta.

–¿La estrella o la criadora de caballos?

–La criadora de caballos.

Phillip le dio una palmada en el hombro.

–Buena respuesta. La película está lista, señoritas –dijo al ver a Jo y Whitney de vuelta.

Matthew se apresuró a tomar las tazas de chocolate que llevaba Whitney, mientras Jo sacaba unas mantas. Phillip y ella se acomodaron en un sofá, con el pequeño burro a sus pies, y Matthew y Whitney en el otro.

–¿Ves muchas películas? –le preguntó al oído.

–Sí. Me levanto muy temprano y acabo muy cansada por la noche. A veces leo, sobre todo novelas románticas. Tardé tiempo en ver este tipo de películas sin preguntarme qué habría pasado si...

La rodeó por la cintura y la levantó para colocarla sobre su regazo.

No quedó ninguna duda de que Whitney y Jo habían visto la película antes juntas. No pararon de reír y de repetir algunos diálogos, haciendo bromas entre ellas. El teléfono de Matthew vibró varias veces, pero lo ignoró.

Phillip tenía razón en una cosa: ¿cuándo había sido la última vez que se había tomado una noche libre? Matthew trató de recordar. ¿No había planeado tomarse un par de días libres después de la boda? No estaba seguro. La boda era el lanzamiento oficioso de Cervezas Percherón, el nuevo negocio de Chadwick. Matthew era el propietario del treinta por ciento de la compañía. Estaban organizando un gran evento para febrero.

Había hecho planes para cenar con su madre. Ese era todo el tiempo que se había concedido para descansar durante las Navidades. Pero estaba decidido a tomarse unos cuantos días libres. No sabía cuando regresaría Whitney a California, pero si quería quedarse unos días, sacaría tiempo para ella.

Para cuando la película terminó, estaban tumbados bajo las mantas. No había probado las palomitas ni el chocolate, pero le daba igual. Abrazado a su espalda, apenas podía pensar.

–Tengo que irme –le susurró al oído.

–Me gustaría que te quedaras.

Phillip y Jo se incorporaron.

–¿Matthew?

–¿Sí? –dijo incorporándose con cuidado de que Whitney no se cayera al suelo.

–Ha helado.

–¿Qué?

–Ha caído una helada. Fíjate en tu coche y en el camino.

–Maldita sea, ¿de verdad? –dijo y esperó a que Whitney se incorporara para levantarse y dirigirse a la ventana–. Dijeron que iba a nevar, pero no hablaron de heladas. Maldita sea, debería...

–Te has quedado atrapado aquí. No puedes volver a casa con las carreteras en esas condiciones.

Matthew miró a Whitney, que se había acercado hasta él.

–Vaya, una helada –dijo Whitney en el mismo tono que había empleado mientras recorría su casa–. En California no hay heladas, al menos como esta –añadió, tomándolo de la mano.

Podía quedarse a pasar la noche, dormir abrazado a Whitney y despertarse a su lado. Solo había un problema.

–No he traído nada.

–Podemos dejarte algo –intervino Jo.

Phillip se acercó a su hermano y lo miró.

–Creo que somos de la misma talla.

–Quédate a pasar la noche –le pidió Whitney–. Considéralo un regalo de Navidad anticipado.

No había nada que discutir. No podía conducir con aquella helada y, sinceramente, tampoco quería hacerlo. De repente comprendió por qué Phillip siempre había preferido el rancho. Era cálido y acogedor. Si Matthew regresaba a su enorme apartamento carente de espíritu navideño sin Whitney, se sentiría solo.

Nunca antes le había importado la soledad, pero esa noche sí.

–Tendré que conectarme. Todavía tenemos una boda que celebrar.

–Por supuesto –dijo Jo, y sonrió a Whitney–. Haz lo que tengas que hacer.

Matthew pasó una hora contestando los mensajes que había estado ignorando. Whitney se había subido a leer para no distraerlo de su trabajo. Se estaba dando prisa porque la idea de tenerla en su habitación...

Cuando abrió la puerta, se encontró con la chimenea encendida y con Whitney en la cama. Se la veía perfecta. Ya no veía a Whitney Wildz cuando la miraba, sino a Whitney, la mujer que deseaba.

–Estaba esperándote –le dijo.

–Haré que la espera haya merecido la pena.

Apartó las sábanas y vio que estaba desnuda.

Tenía que dar gracias por la helada.

Capítulo Trece

El día de la despedida de soltera llegó enseguida. Whitney había pasado los dos últimos días en el rancho y había podido trabajar con Jo y conocer a casi todos los caballos: a los apalusas, a los percherones y a Sun, el Akhla–Teke. Phillip la trataba como a una amiga y los empleados se mostraban discretos y educados en todo momento. Habían hecho galletas y había visto películas. Incluso el capataz, un tal Richard, había empezado a llamarla Whit.

En teoría, debería haber sido todo lo que quería: tranquilidad, paz, estar con su amiga, hacer nuevos amigos, caballos, nada de cámaras ni cotilleos... Pero echaba de menos a Matthew.

No solía echar de menos a nadie porque nunca intimaba con nadie lo suficiente. Pero después de dos días sin verlo, echaba de menos a Matthew. Le había hecho el amor y todavía se estremecía de placer al recordarlo. Se había despertado al día siguiente y habían vuelto a hacerlo con tanta dulzura que le costaba creer que no hubiera sido un sueño.

¿Cuánto tiempo hacía que no se despertaba con un hombre en la cama? Mucho, y más aún desde que el hombre en cuestión le hiciera el amor y le dijera que era feliz con ella.

Era un problema, un gran problema. Aquello era algo pasajero, una aventura navideña que terminaría con el lanzamiento del ramo de la novia. Con un poco de suerte, pasaría la mañana de Navidad con él y ahí acabaría todo. Si echaba de menos a Matthew cuando solo había pasado dos días sin verlo, ¿qué pasaría cuando volviera a casa?

Se había entristecido al verlo meterse en el coche y alejarse. Le había pedido que fuera con él, pero se había negado. Estaba allí para ver a Jo y, además, Matthew tenía cosas que hacer, otra prueba más de lo diferentes que eran sus vidas.

Por suerte, Jo apenas había mencionado su repentina relación.

–¿Lo estás pasando bien con Matthew?

–Sí –le había contestado con sinceridad.

Estar con Matthew era algo increíble porque él era increíble.

–Estupendo.

Aquello era todo lo que Jo le había dicho del tema.

En aquel momento, Whitney y Jo se dirigían a El Pub para encontrarse con el resto de mujeres que asistirían a la despedida de soltera. Supuestamente, Matthew iba a salir con Phillip y sus otros hermanos a jugar a los bolos, aunque Whitney no estaba segura si era uno de aquellos planes que se inventaba para despistar a los paparazzi.

Whitney se dejó el gorro puesto, mientras la camarera las conducía hasta el salón privado en el que ya esperaban las otras mujeres. Había una mesa de bufé con ensaladas, hamburguesas y patatas. Whitney pensó en Matthew. Quizá, después de todo, conocía a Jo mejor de lo que parecía.

–Hola a todas –dijo Jo–. Os voy a presentar a…

–Dios mío, pero si eres Whitney Wildz.

Una joven pelirroja se acercó corriendo a ella. Un segundo antes de que la tomara por los hombros, Whitney reparó en su parecido con Matthew y Phillip.

–¡De verdad estás aquí! ¡Y eres amiga de Jo! ¿De qué la conoces? Por cierto, soy Frances Beaumont.

–Hola –respondió Whitney.

–Sí, como os estaba diciendo –dijo Jo mientras apartaba las manos de Frances de los hombros de Whitney–, ella es Whitney Maddox. Se dedica a la cría de caballos. La conozco porque hemos trabajado juntas con algunos caballos.

Trató de apartar a Frances de Whitney, pero no pudo.

–Estás aquí en persona. Oh, Dios mío, seguramente esto te lo dirán a menudo, pero yo era tu mayor fan. Me encantaba tu programa y, en una ocasión, Matthew me llevó a un concierto –dijo y antes de que Whitney pudiera apartarse, Frances la abrazó–. No sabes cuánto me alegro de conocerte.

–Eh… Creo que me voy haciendo una idea.

–Frances –dijo Jo–, ¿podrías al menos permitir que Whitney se quite el abrigo antes de seguir haciendo el ridículo?

–De acuerdo, de acuerdo, lo siento. ¡Es que estoy tan emocionada! –exclamó sacando su teléfono móvil–. ¿Puedo hacer una foto? Por favor…

–Eh…

Whitney miró a su alrededor, pero no encontró ayuda. Jo parecía enfadada y las otras mujeres se habían quedado a la espera de su respuesta. Tenía que arreglárselas ella sola.

–Si prometes no colgarla en las redes sociales hasta después de la boda.

Whitney sonrió por lo bien que le sonó aquello.

–¡Claro! Esta foto es para mí –dijo rodeando a Whitney por los hombros y levantando la cámara para hacerse la foto–. Esto es alucinante. ¿Puedo mandársela a Byron y a Matthew? Siempre veíamos juntos tu programa.

–A Matthew ya lo conozco.

De repente se ruborizó.

–Tendrás que excusar a Frances –dijo otra de las mujeres poniéndose de pie con una cálida sonrisa en los labios–. Se emociona con facilidad –añadió, y entonces reparó en que tenía un bebé de poco más de un mes en brazos–. Soy Serena Beaumont, la esposa de Chadwick. Es un placer conocerte.

La mujer se colocó al bebé en el hombro y extendió la mano.

–Yo, Whitney. ¿Cuánto tiempo tiene tu bebé?

Aunque no tenía experiencia con niños tan pequeños, prefería hablar de eso a arriesgarse a sufrir otro ataque por parte de Frances.

–Seis semanas –contestó Serena, y volvió al bebé para que pudiera verle la cara–. Se llama Catherine.

–Es preciosa.

–Su embarazo ha complicado la elección de los vestidos de las damas de honor –comentó Frances, poniendo los ojos en blanco–. Ha sido un quebradero de cabeza.

–Lo dice alguien que no ha estado embarazada nunca –dijo Serena.

La conversación continuó con un intercambio de bromas. Era evidente que las mujeres se llevaban muy bien.

Continuaron presentándole al resto de las mujeres. Allí estaba Lucy Beaumont, una joven de pelo rubio, que no parecía muy contenta de estar en la fiesta y que se fue al poco alegando que tenía migraña. También conoció a Toni Beaumont, quien parecía tan nerviosa como Whitney.

–Toni va a cantar en la boda –explicó Jo–. Tiene una voz muy bonita.

Toni se sonrojó. Era bastante más joven que los otros Beaumont que había conocido, y no pudo evitar preguntarse si sería la hija más pequeña de Hardwick Beaumont. Apenas tendría veinte años.

–Formáis un grupo muy agradable –dijo Whitney, una vez a solas con Jo, Frances y Serena.

–A Lucy no le caemos bien –explicó Frances–. Es habitual en esta familia. Cada vez que papá se casaba, la nueva esposa hablaba mal de las otras. Por eso Toni tampoco se siente a gusto con nosotras. Su madre le decía que íbamos a hacerle la vida imposible.

–Según tengo entendido –intervino Serena mirando a Frances–, se lo hicisteis pagar cuando erais niños.

Frances rio.

–Es posible que se produjeran algunos incidentes –dijo Frances–, pero solían ser entre Lucy y Toni. Por aquel entonces, yo era demasiado mayor para jugar con ellas. Phillip era el que más me fastidiaba. Una vez me hizo subirme en el caballo más indómito solo para ver cómo me caía y lloraba.

Serena puso los ojos en blanco y miró a Whitney.

–Es una familia extraña.

Whitney asintió y sonrió como si todo fuera broma, pero recordó que Matthew le había contado que sus hermanos mayores solían culparlo de todo.

–Sí, de acuerdo –protestó Frances–, somos un poco raros. No pienso casarme nunca, no después de todas las madrastras que he tenido. Es el legado que tenemos por haber nacido Beaumont, bueno, todos menos Matthew. Él es el más agradable de todos nosotros. Por él es por lo que Lucy y Toni están aquí, porque les ha pedido que vinieran. Les ha dicho que era importante para la familia, así que han venido. La única que no le hace caso es Eliza, la madre de Chadwick y Phillip. Todos los demás hacen lo que él dice. Está obsesionado con tenerlo todo bajo control. Probablemente, te haya elegido hasta los zapatos.

Se hizo una pausa, y tanto Frances como Serena se volvieron a mirar a Whitney.

Whitney sintió que le ardían las mejillas. Sí, Matthew le había elegido los zapatos y el peinado, pero también había permitido que lo atara. Había dejado que conservara la ilusión aunque el nudo se había desatado, solo para que fuera ella la que estuviera al mando.

–Así que ya conoces a Matthew –dijo Frances en tono divertido.

–Sí, al fin y al cabo, es el padrino.

No quiso contestar nada más.

–¿Y?

–Estamos haciendo todo lo posible para que la boda salga bien. Nada de distracciones.

Serena asintió satisfecha, pero Frances hizo una mueca de desesperación.

–¿En serio? Siempre ha estado enamorado de ti. Apuesto a que está deseando ponerte las manos encima. Y, sinceramente, no le vendría bien distraerse un poco.

–¡Frannie! –dijeron Jo y Serena al unísono.

El bebé se sobresaltó y empezó a emitir suaves gemidos.

–Lo siento –se disculpó Serena, y se colocó un pañuelo sobre el hombro para darle el pecho a su hija.

–Bueno, es cierto. Nos está volviendo locos a todos con esta boda y con su obsesión de que todo salga perfecto –dijo Frances volviéndose hacia Whitney–. No sé si alguna vez hace algo por divertirse. No le vendría mal, ¿sabes?

Whitney tenía tanto calor que estaba a punto de sudar. Recordó cómo había ignorando su teléfono mientras habían estado tumbados en el sofá, viendo la película.

–Estaba enamorado de Whitney Wildz, pero yo no soy ella.

Lo había aclarado con Matthew antes de quedarse sin ropa. Para él era Whitney Maddox, y le gustaba por su forma de ser y no por haber sido famosa. Lo que sí que era cierto era que Matthew era incapaz de apartar las manos de ella. ¿O sería de Whitney Wildz? No estaba segura de que Matthew no hubiera pensado en ella cuando se habían acostado.

No le agradaba la sonrisa pícara de Frances.

–Sí, claro –convino Frances con ironía, sacudiendo la mano en el aire.

–No te pongas pesada –intervino Serena.

–Solo soy sincera. Matthew está obsesionado con que todos hagamos lo que cree que debemos hacer. Es su oportunidad de hacer algo por sí mismo. Dios sabe que necesita un poco de diversión en su vida. Deberíais salir juntos alguna vez –comentó y volvió a sonreír con la misma picardía–. Eso, si no lo habéis hecho ya.

A pesar de tantos años de titulares falsos, fotografías y rumores, Whitney estaba a punto de morirse de la vergüenza. Había pensado que era inmune, pero no. Solo había hecho falta tener una aventura con un Beaumont y una conversación sincera con su hermana pequeña, para haber llegado a aquella situación.

Jo suspiró.

–¿Has acabado?

–Quizá –respondió Frances, satisfecha consigo misma.

–Porque ya sabes lo que va a hacer Matthew cuando se entere de que estáis tratando a mi mejor amiga así, ¿verdad?

Al oír aquello, una sombra de preocupación borró la sonrisa de Frances.

–Bueno, me he portado bastante bien desde que anunciasteis que os ibais a casar. No he causado ningún problema ni he protagonizado titulares. Eso se lo dejo a Byron.

Byron se había metido en problemas solo porque su hermano se lo había pedido. Y todo por ella. Se quedaron un momento en silencio durante el cual Whitney pensó en tomar su abrigo y marcharse. Pero no podía irse sin Jo.

Entonces, el silencio se rompió.

–¿Ah, no? ¿Qué me dices de... –dijo Serena, uniéndose a la discusión.

–¿O el otro día cuando...? –añadió Jo.

–Eh, eso no es justo –saltó Frances, poniéndose tan colorada como su pelo.

Jo asintió, dedicando una sonrisa alentadora a Whitney.

–¿Qué me contó Phillip de aquel tipo? ¿Cómo lo llamabas, pequeño...?

El teléfono de Frances vibró.

–Lo siento, no puedo seguir escuchando cómo os burláis de mí. Tengo que contestar un mensaje muy importante –dijo, y lo leyó–. Byron dice que no puede creer que sea Whitney Wildz de verdad –añadió, y empezó a escribir la respuesta.

–¿Qué vas a decirle? –preguntó Whitney.

–¿Que te parece si le digo que eres Whitney Maddox?

–¿Es Whitney Wildz? –preguntó Byron mostrando su teléfono–. ¿De verdad es ella?

–¿Cómo? –dijo Matthew arrancando el teléfono de manos de su hermano.

Sí, allí estaba Whitney junto a Frances, sonriéndole a la cámara. Tenía buen aspecto. Se la veía un poco tensa, pero seguramente fuera porque Frances la tenía sujeta por los hombros.

Iba a matarlas a las dos. ¿Por qué Whitney había permitido que le hicieran una foto? ¿No le había pedido a Frances que no hiciera tonterías? ¿Acaso no le parecía una tontería hacerse una foto con Whitney y colgarla en Internet?

Su teléfono emitió un zumbido al recibir otro mensaje de su hermana.

Dile a Matthew que me ha hecho prometer que solo te mandaría la foto a ti, nada de colgarla en las redes sociales.

Matthew suspiró aliviado. Solo esperaba que Frances cumpliera su parte.

–En verdad se llama Whitney Maddox –comentó como si tal cosa, devolviéndole el teléfono a su hermano.

Miró a Phillip, que estaba disfrutando de un puro en la terraza privada de Matthew.

Phillip puso cara de inocente, e hizo que cerraba una cremallera imaginaria sobre sus labios y tiraba la llave.

Se las habían arreglado para llegar a casa de Matthew sin avisar. Eran cinco. Byron no se llevaba bien con sus hermanastros David y Johnny, y Mark estaba en la universidad. Únicamente estaban los cuatro Beaumont que se llevaban más o menos bien la mayor parte del tiempo, además de Dale, el terapeuta que estaba ayudando a Phillip a superar su alcoholismo. Llevaba siete meses sin beber y, con la tensión de la boda, nadie quería arriesgarse a que recayera.

Era sábado por la noche y los Beaumont estaban tomando refrescos y fumando cigarros.

–¿Quién? –preguntó Chadwick, tomando el teléfono.

–Whitney Wildz. Era aquella chica que salía en *Creciendo con Wildz* –contestó Byron mirando la foto–. Está muy guapa. ¿Sabes si tiene…?

–No está disponible –dijo Matthew, antes de poder contenerse.

Los tres hermanos se volvieron para mirarlo. Más bien, Chadwick y Byron. Phillip trataba de contener la risa.

–Quiero decir que si alguien intenta algo con ella, la prensa organizará un escándalo. Así que todos al margen.

–Espera –dijo Chadwick estudiando la foto–. ¿No es la mujer que siempre salía colocada en las fotos?

–En la realidad es muy diferente –contestó Matthew.

–Lo que Matthew quiere decir –intervino Phillip–, es que en la vida real Whitney se dedica a la cría de caballos y lleva una vida tranquila. No le interesa la fama.

–¿Esta es la mujer que va a ser la dama de honor? ¿Cómo estás tan seguro de que esta Whitney no va a convertir la boda en un espectáculo? Ya sabes que vamos a dar a conocer Cervezas Percherón en la boda. No podemos correr riesgos.

–Tranquilo, Chad, todo saldrá bien –dijo Phillip–. Es amiga de Jo y no va a hacer ningún espectáculo. Matthew también estaba preocupado, pero se ha dado cuenta de que es una mujer normal, ¿verdad? –preguntó volviéndose hacia Matthew–. Díselo tú.

–Phillip tiene razón. Whitney cumplirá su papel en la boda con mucha clase y estilo. No llamará la atención. Nos ayudará a demostrar que los Beaumont vuelven a estar en la cima.

Era curioso que unos días antes él había pensado lo mismo que Chadwick, que una antigua estrella aprovecharía la boda de los Beaumont para acaparar la atención. Ahora, lo único que le preocupaba era que se tropezara camino al altar.

Alzó la vista y se encontró con la mirada de Byron.

–¿Qué?

Fue Chadwick el que habló primero.

–No podemos permitirnos más distracciones –dijo tomando a Byron del brazo–. Hablo en serio.

–Está bien, está bien.

Byron se apartó y fue a apoyarse en la barandilla. Luego, se quedó mirando a Matthew.

Matthew sabía que su hermano quería hablar, así que se acercó a él y esperó. Aprovechó el momento cuando Phillip le preguntó a Chadwick por su hija.

–¿Y bien?

–¿Se lo has dicho a Harper? –preguntó Byron en voz baja.

Era preferible que Chadwick no se enterase de que habían invitado a su adversario a la boda.

–Sí, pero ha dicho que no vendrá.

–¿Tampoco su familia, su hija?

De repente, Matthew comprendió.

–No. ¿Es ella la razón por la que tienes ese ojo morado?

–¿Es Whitney Wildz tu razón?

–Se llama Whitney Maddox, no lo olvides.

Byron esbozó la misma sonrisa que compartían todos los hermanos.

–Dime una cosa: ¿cómo sabes que no está disponible?

En el fondo, Matthew tenía que reconocer que su hermano pequeño se las estaba arreglando muy bien. En menos de un minuto, había desviado la conversación de la hija de Harper a Whitney.

–Lo sé de buena tinta.

–Bueno –anunció Phillip a sus espaldas–, ha sido una noche encantadoramente aburrida, pero me está esperando mi futura esposa, que es mucho más divertida que vosotros.

–Y yo tengo que volver con Serena y Catherine –añadió Chadwick.

–Me he tomado un año sabático y ya no os conozco. Chadwick no está trabajando, Phillip ya no bebe y tiene novia, ¿y tú? –dijo mirando a Matthew–. Estás enrollado con Whitney Wild.

–¡Maddox! –le corrigió Matthew.

Byron volvió a esbozar aquella sonrisa tan característica de los Beaumont y Matthew cayó en la cuenta de que, indirectamente, había reconocido que se estaba viéndose con Whitney.

–A este paso, lo siguiente será que Frances anuncie que se mete a monja.

–No tendremos tanta suerte –dijo Chadwick antes de volverse hacia Phillip y Dale–. ¿Estáis bien para volver a casa?

Fue Dale el que habló.

–¿Te vas directamente a casa?

–Sí –contestó Phillip, dándole una palmada a Dale en el hombro–. Jo me está esperando. Gracias por...

–Me aseguraré de que llegue bien a casa –le interrumpió Matthew.

–¿Qué? –preguntó Phillip.

Parecía enfadado. Matthew lo ignoró.

–Estamos bajo mucha tensión con esta boda –dijo dirigiéndose a Dale y Chadwick–. Tenemos que ser prudentes.

–Al infierno –terció Phillip, dirigiéndole una mirada de odio.

–Estoy de acuerdo –dijo Chadwick–. Dale, ¿te parece bien?

–Sí, os veré mañana en la cena.

Una vez los cuatro hermanos a solas, se hizo un tenso silencio. ¿Qué estaba haciendo? Matthew podía ver aquella pregunta en la cara de sus hermanos. Él no era así. Él era el que luchaba para que la familia fuera mejor e incluso lo pareciera. Siempre ponía el apellido por delante. No acababa de entender aquel deseo egoísta que sentía por una mujer que no era más que un quebradero de cabeza.

Phillip se quedó mirándolo. Matthew se lo había ganado.

–¿Podemos irnos ya o tienes que arremeter contra Chadwick también?

Chadwick se detuvo. Ya había enfilado hacia la puerta.

–¿Algún problema?

–No, nada que no pueda solucionar –se apresuró a contestar Matthew, antes de que Byron y Phillip le delataran.

Podía ocuparse de aquello. La atracción que sentía por Whitney era un mal menor. Podría sacar adelante la boda, tenía que hacerlo y lo que iba a hacer.

Chadwick asintió. Tomarle la palabra a Matthew era algo que debía contentar a su hermano. Se había ganado esa confianza, aunque le había costado lo suyo. Era una victoria.

Pero eso no cambiaba el hecho de que, en aquel preciso momento, estaba socavando esa confianza.

Sí, podría ocuparse de todo. Al menos, eso era lo que esperaba.

Capítulo Catorce

El viaje hasta el rancho fue rápido y tenso.

–Después de esta boda –dijo Phillip desde el asiento del copiloto–, tú y yo vamos a tener una charla.

–Muy bien.

–No te entiendo –continuó Phillip, decidido a tener la charla en aquel mismo momento–. Si querías ir al rancho a verla, podías haber venido y ya está. Has dado a entender que estoy a un paso de tomar una botella y no es así.

–Porque sí.

–¿Qué clase de respuesta es esa?

Matthew sentía la mirada de Phillip puesta en él y lo ignoró. Sí, había falseado la verdad, eso era lo que siempre hacía.

–No tienes que ocultarla de nosotros, y mucho menos de mí. Yo ya sé lo que está pasando.

Se sintió humillado con aquel comentario. El hecho de que fuera verdad, resultaba aún peor.

–No me estoy escondiendo.

–¿Cómo que no? ¿Cómo si no definirías el numerito que acabas de montar? ¿Por qué tiene Byron un ojo morado? No puedes negar que la estás protegiendo porque eso es precisamente lo que estás haciendo. No hay nada malo en que te guste una mujer y quieras pasar tiempo con ella. ¿Crees que usaría eso en tu contra?

–Ya lo hiciste en el pasado.

–Venga, por el amor de Dios –dijo Phillip alzando los brazos–. Ese es tu problema. Estás tan preocupado por el pasado, que ya no prestas atención al presente. Las cosas cambian, la gente cambia. Pensaba que te habrías dado cuenta al conocer a Whitney.

Matthew no sabía qué responder a aquello. No estaba acostumbrado a aquel nuevo Phillip tan centrado.

–Incluso a Chadwick le parecería bien que hicieras algo por ti. No tienes que pasar cada minuto preocupado por la familia. Piensa en cómo serías si no fueras un Beaumont.

Matthew rio con amargura.

–Eso es curioso viniendo de ti.

¿Si no fuera un Beaumont? Eso era imposible. Había luchado mucho por ganarse su lugar en aquella familia. No iba a ponerlo en peligro solo por descubrir cómo habría sido. De hecho, ya lo sabía.

Él era Matthew Beaumont, fin de la discusión.

–Como quieras, pero la próxima vez que quieras cubrir tus huellas, no me uses de escudo. Ya no me gusta jugar a eso.

–De acuerdo.

–Muy bien.

El resto del camino lo hicieron en silencio.

Matthew estaba enfadado con Phillip, aunque no sabía muy bien por qué. Quizá fuera porque le había dicho una verdad que le resultaba difícil de asimilar. Y por Byron, que había acabado con un ojo morado solo porque le había pedido que hiciera algo para llamar la atención.

Y también estaba enfadado con Whitney. Era ella el motivo de aquel rifirrafe, Whitney Maddox.

¿Por qué tenía que ser tan diferente a Whitney Wildz? ¿Por qué no podía ser una famosa egocéntrica como otras que conocía y de las que sabía guardar las distancias? ¿Por qué tenía que ser tan dulce, agradable y, sí, inocente? No debería ser tan inocente, sino una mujer más hastiada y amargada. De esa manera, no sería capaz de amarla.

Llegaron a la casa del rancho. Matthew no quería seguir hablando con Phillip. No estaba protegiendo a Whitney y punto.

Entró en la casa como si fuera suya, aunque no era así. Pero estaba en el rancho Beaumont y él era un Beaumont, así que se sentía autorizado.

Encontró a Jo y Whitney en los sofás, viendo una película. Whitney estaba en pijama y Jo con aquel ridículo burro llamado Betty a su lado. Estaba acariciando las orejas del animal como si fuera lo más normal.

–Hola –dijo sorprendida al verlo allí–. ¿Va todo...

–Necesito hablar contigo.

No esperó respuesta ni tampoco a que se levantara. Apartó a Betty de su camino y se acercó hasta Whitney.

–¿Estás...?

Sin importarle que Phillip estuviera mirando, tomo a Whitney en brazos y subió la escalera. Ella se aferró a su cuello, mientras subía los escalones de dos en dos.

–¿Estás bien?

–Sí, perfectamente.

No era cierto. No estaba bien y ella era la causa. Pero también era la única que podía hacer que todo mejorase.

–¿Ha ido bien la despedida de soltero? –preguntó, inclinándose para abrir la puerta de su habitación.

–Sí, todo bien –respondió dejándola sobre la cama antes de quitarse la corbata.

Ella lo miró con los ojos muy abiertos.

–¿Matthew?

–Te he echado de menos, ¿de acuerdo?

¿Por qué decir aquello le hacía sentirse como un fracasado? Él nunca echaba de menos a nadie. Nunca se encariñaba lo suficiente como para echar a alguien de menos.

Pero en dos días, la había echado de menos y eso le hacía sentirse vulnerable.

Ella se encaramó sobre sus rodillas, colocándose a su altura.

–Yo también te he echado de menos.

–¿Ah, sí?

–Sí –asintió y le acarició el rostro–. He echado de menos despertarme a tu lado.

–No quiero hablar.

Ella era la razón por la que se sentía tan confuso. Tenía que encontrarle un lugar. Tenía que mantenerse alejado de ella para no perder la cordura, pero no podía hacerlo mientras estuviera acariciándole con tanta delicadeza y diciéndole lo mucho que lo había echado de menos.

Demasiado tarde, recordó que la razón por la que la había llevado a la habitación había sido para hablar.

Pero Whitney no dijo nada. En vez de eso, se puso de pie y se quitó la parte de arriba del pijama. Luego, sin bajarse de la cama, se quitó los pantalones y volvió a colocarse de rodillas.

Permanecieron en silencio, sin hablarse ni tocarse. Estaba decidido a mostrarse reservado, al igual que hacía con el resto de la gente, para que nadie supiera lo que sentía por ella.

No podía mirarla a los ojos y permitir que se diera cuenta de lo que significaba para él. Así que la hizo tumbarse boca abajo, se puso el preservativo y se hundió en ella.

Whitney no dijo nada. Arqueó la espalda, se puso rígida y se aferró al cabecero al sentir los espasmos del orgasmo. Luego, permaneció en silencio mientras él la tomó de las caderas y se hundió en ella hasta que se lo dio todo.

Cayeron en la cama, jadeantes y sudorosos. Había hecho lo que quería, lo que un Beaumont haría: acostarse con una mujer dejando a un lado sus sentimientos. Su padre era un especialista haciéndolo. Tenía que levantarse y alejarse de Whitney, y seguir siendo un Beaumont.

Entonces, Whitney rodó y lo abrazó por el cuello, impidiendo que se fuera.

¿Tan incapaz era de apartarse de ella? Dejó que lo abrazara y acabó aferrándose a ella.

Pasó un rato antes de que Whitney dijera algo.

–Después de la boda, en la mañana del día de Navidad…

–¿Sí?

Era difícil pretender que le daba igual teniendo el rostro hundido en el cuello de ella.

–Quiero decir –dijo abrazándolo con más fuerza–, que todo habrá… Que nosotros…

Que todo habría acabado. Eso era lo que estaba intentando decir. Entonces, Matthew consiguió incorporarse, pero no pudo apartarse de ella.

–Mi vida está aquí en Dénver y tú… –dijo y tragó saliva, deseando ser más fuerte–. Tú necesitas el sol.

Ella sonrió, pero sus ojos empezaron a brillar y las comisuras de los labios se arquearon hacia abajo. Estaba intentando contener las lágrimas.

–Cierto.

No podía verla así, por lo que volvió a hundir la cara en su cuello.

Al menos sería una despedida rápida, sin escenas. Debería sentirse aliviado.

–Cuando quieras montar un Trakehner, solo tienes que decírmelo –fue lo único que se le ocurrió a Whitney.

Entonces, la besó. Le hacía ponerse sentimental. Por mucho que lo intentara, a su lado no podía contenerse.

Capítulo Quince

Pasaron la siguiente mañana revisando el carruaje que llevaría a Phillip y a Jo desde la capilla a la recepción. Estaba adornado con cintas y lazos de terciopelo rojo y verde, que destacaban sobre el gris.

–Ha quedado muy bien.

–¿Te gusta? –preguntó Matthew.

Había estado muy callado toda la mañana, pero no la había soltado de la mano mientras habían estado paseando por el rancho. De hecho, no había dejado de tocarla desde que se despertaron. Había estado acariciándole la pierna con el pie durante el desayuno y siempre que había podido, la había tomado por los hombros o la cintura.

Whitney llevaba preocupada desde la noche anterior. Después de la sesión de sexo y de haber comentado que su relación era pasajera, había decidido que no tenía sentido tratar de descubrir qué era ese algo que pasaba. Ya se lo contaría si quería.

–Sí, me gusta –dijo observando la decoración del carruaje–. Va a ser impresionante, y más con el vestido de Jo.

–¿Tienes algún carruaje como este? –preguntó Matthew acariciándole el brazo.

Ella sonrió. Era evidente que no sabía de caballos.

–Los Trakehner no son caballos de tiro.

–¿Quieres que demos un paseo? Le pediré a Richard que enganche los caballos. Alguien podrá darnos una vuelta.

–Pero...es para la boda.

–Lo sé. Pero tenemos que aprovechar que estás aquí –dijo, y se fue a buscar un par de jornaleros para que los pasearan por el rancho.

Lo único que tenían era el presente. Matthew la ayudó a subirse al carruaje y la tapó con las mantas antes de rodearla con su brazo por el hombro. Luego, salieron a recorrer las nevadas colinas del rancho. Fue algo mágico.

Whitney trató de no pensar en lo que había entre ellos o, más bien, en que en unos días no habría nada entre ellos. ¿Qué sentido tenía dar vueltas al hecho de que volvería a su vida solitaria, en la que los únicos que romperían su monotonía serían sus animales y el loco de Don?

Aquello era lo que quería, un apasionado y breve romance con un hombre atractivo que la hiciera sentir como si Whitney Maddox fuera una mujer que no tuviera que esconderse, que pudiera relacionarse y tener amantes.

Aquel tiempo que estaba pasando con Matthew era un regalo, así de simple.

Por eso debía de ser por lo que se aferraba a él mientras recorrían las colinas heladas bajo aquel sol invernal. Aquel era, sin lugar a dudas, el paisaje más romántico que había visto nunca.

Al ensayo de la boda fue con Matthew. Habían ido a comer a su apartamento, pero habían acabado metiéndose en la cama y se habían olvidado de la comida. Ya tomarían algo más tarde. Matthew le había dicho que la cena después del ensayo sería sensacional.

Llegaron una hora antes que todos los demás a la capilla para el ensayo. El lugar era espectacular. Los bancos estaban decorados con ramas de pino y lazos rojos y grises a juego con los del carruaje.

–Vamos a colocar unos focos por fuera de las vidrieras para encenderlos cuando oscurezca –le explicó Matthew–. La ceremonia será a la luz de las velas. Quiero darle un ambiente íntimo. No quiero que nada distraiga a la feliz pareja.

Ella respiró hondo, imaginándose con un ramo en las manos.

–Entonces, practicaré –dijo y empezó a avanzar hacia el altar–. Debería haberme traído los zapatos.

Matthew la adelantó y corrió hasta el altar. Luego, se quedó allí, esperándola. Whitney se sonrojó al imaginarse con un vestido blanco.

«Ahora, piensa en el ahora», se dijo.

Le resultaba difícil, teniendo a Matthew esperándola en el altar. Tomó sus manos entre las suyas y, mirándola a los ojos, la sonrió.

–Señorita Maddox –dijo en un tono respetuoso que nunca le había oído.

–Señor Beaumont –contestó.

No se le ocurrió otra cosa que decir, teniendo en cuenta que la miraba con tanta intensidad.

Era como si, estando allí con Matthew, en aquel lugar sagrado…

No. No podía hacerse ilusiones por muy intensa que fuera su mirada y por mucho que le afectaran sus caricias. No tenía sentido albergar esperanzas. Le quedaban tres días antes de volver a California: esa noche, Nochebuena y la mañana de Navidad. Eso era todo. No tenía sentido pensar en que lo suyo durara más.

–Whitney –dijo él inclinándose hacia delante.

«Di algo, lo que sea, para darme esperanzas».

–¿Hola? ¿Matthew? –lo llamó una voz femenina.

No la soltó de la mano. Se irguió y la hizo tomarlo del brazo.

–¡Aquí!

Se volvió y vio a la organizadora de la boda entrar.

–¿Quieres que sigamos ensayando hasta que lleguen los demás?

–Sí.

Aquellas no eran palabras esperanzadoras. Bueno, no pasaba nada. No las necesitaba.

En contra de su voluntad, Matthew mandó a Whitney de vuelta con Jo y se llevó a Phillip a su casa. Aunque iban a hacer las fotos antes de la ceremonia, Jo había decidido prepararse sin tener a Phillip en casa.

Phillip no le dio conversación y no le importó. Tenía cosas que hacer. La prensa esperaba sus respuestas y tenía que dárselas antes de que empezaran a merodear. Tenía que mostrar la mejor cara de los Beaumont y mantener a raya los escándalos.

Su mente volvió al paseo en carruaje con Whitney y a lo guapa que estaba en el altar, tomándolo de la mano.

Por unos segundos, nada le había importado: ni la boda, ni el lanzamiento de Cervezas Percherón, ni su apartamento de revista, ni sus lujosos coches. Lo único que le había importado había sido tener a aquella mujer al lado, sabiendo que estaba allí por él y no por su apellido, su fortuna o sus propiedades. Solo por él.

Ese momento había pasado y tenía que volver a ocuparse de la imagen que quería proyectar. Las buenas noticias eran que la pelea de Byron había conseguido el efecto pretendido: habían dejado de preguntar por Whitney Wildz.

Volvió a revisar las páginas web. Whitney había insistido en dejarse el gorro puesto durante el ensayo y la cena posterior, y había hablado con los periodistas solo cuando había sido absolutamente necesario. Debería sentirse agradecido de que fuera tan discreta, pero odiaba que se sintiera como si tuviera que esconderse.

Todo estaba tan tranquilo como era de esperar. Nadie había relacionado a la reservada dama de honor con Whitney Wildz.

Envió las últimas instrucciones al fotógrafo, lo que no tenía mucho sentido. Después de todo, Whitney asistiría a la fiesta después de la boda. Tendrían que hacerle fotos. Además, no le había dejado cambiarse el peinado. Pero recordárselo a la gente que había contratado, le hacía sentirse mejor.

Lo único que tenían que hacer era sobrevivir a la boda. Whitney tenía que recorrer el pasillo hasta el altar sin incidentes, tal y como lo había hecho ese día. Había estado muy guapa, ensayando en jersey y vaqueros, y con aquel gorro de lana. Al día siguiente, estaría impecablemente vestida. Estaría perfecta en la boda.

Se tomaría unos días después de la boda, aunque solo fuera un par de ellos. Aquel acontecimiento había sido el centro de su vida durante los últimos meses. Una vez se fueran Phillip y Jo de luna de miel, y sus hermanos y madrastras volvieran a sus respectivos rincones, celebraría la Navidad con su madre y entonces podría...

Podría ir a ver a Whitney y disfrutar del sol con ella, montar a caballo y conocer a sus perros y gatos.

Aquello no cambiaba nada, pensó mientras empezaba a revisar su agenda. Aquello no era el principio de nada, ni mucho menos. Ambos estaban de acuerdo en que, después de la boda, lo suyo acabaría.

Pero no se sentía cómodo. Nunca había tenido problemas en dejar a las mujeres con las que se había relacionado. Cuando se acababa, se acababa.

Era casi medianoche cuando mandó un mensaje: *¿Qué estás haciendo?*

Al darle al botón de enviar, se sintió como un tonto. Probablemente estaría durmiendo y quizá la despertara. Pero no pudo evitarlo. Había sido un día largo. Quería... Bueno, la quería a ella.

Un minuto más tarde, su teléfono emitió un

sonido y apareció la foto de Whitney con aquel pequeño burro en el regazo.

Estamos viendo una película y comiendo palomitas.

Estupendo.

Estaba manteniendo la discreción y pasándoselo bien a la vez.

Su teléfono volvió a sonar.

Te echo de menos.

Se tomaría un par de días libres, quizá una semana completa. Chadwick lo entendería. Siempre y cuando no se produjeran escándalos en la boda y los Beaumont se comportaran mientras estuviera fuera, podría pasar unos días con Whitney.

Yo también te echo de menos.

Estaba convencido de que nunca había echado de menos a nadie en su vida.

El día de la boda pasó volando. Un ejército de manicuras, pedicuras, peluqueras y maquilladores se ocupó de Whitney y de otros asistentes con gran eficiencia. Por fin conoció a Byron Beaumont. Ocupó su asiento después de que el maquillador le pintara los labios de rojo.

–Señorita Maddox –le dijo con gran formalidad, pero sin tocarla–. Es un honor.

–Siento lo de tu ojo.

Se sentía responsable del moretón. Byron se parecía mucho a Matthew. Quizá fuera un poco más bajo y tuviera los ojos más claros. El pelo era prácticamente del mismo tono castaño, aunque lo llevaba mas largo.

Byron la sonrió. Era la misma sonrisa de Matthew y Phillip.

–Lo que haga falta por una dama –replicó sentándose en la silla del maquillador, como si todos los días le maquillaran.

Más tarde, ya en la capilla, estuvieron posando para una serie interminable de fotos. Primero con Jo, luego con Frances, luego entre Frances y Serena. A continuación la familia de Jo.

Las puertas de la capilla se abrieron y oyó a Matthew anunciar que ya habían llegado. Los hombres avanzaron por el pasillo como si aquel lugar les perteneciera. Al principio, no pudo verlos bien. La capilla no estaba iluminada y la luz del sol que entraba desde atrás era cegadora. Pero, de repente, vio a Matthew liderando a los demás, mientras avanzaban por el pasillo.

Whitney se quedó sin respiración. Llevaba un esmoquin impecable, y se le veía muy sexy y seguro de sí mismo.

–¿Vamos bien de hora, verdad?

Sus miradas se encontraron y fue como si todos los que había a su alrededor desaparecieran.

–Estás perfecta.

–Tú también.

A su lado, Frances dejó escapar una risita. La mitad de la familia Beaumont estaba allí. Whitney bajó la vista al ramo y Matthew se volvió hacia el resto.

–Phillip está deseando ver a la novia.

–Todo el mundo fuera –pidió el fotógrafo–. Quiero fotografiar a los novios cuando se vean por primera vez. Jo, quiero que vayas al fondo y avances por el pasillo.

Jo miró a Whitney e hizo una mueca. Ambas rieron. Whitney tomó la cola del vestido de Jo y ambas recorrieron el pasillo lo más rápido que pudieron con sus vestidos.

Whitney y Frances contemplaron a Jo recorriendo el pasillo hasta donde estaba Phillip.

–Creo que nunca le había visto tan feliz –susurró Frances mientras Phillip trataba de contener las lágrimas de felicidad–. Espero que dure.

–Seguro que sí –dijo Whitney.

–Me gustaría que pudiéramos dejar de vivir a la sombra de nuestro padre y poder creer en el amor, aunque solo fuera por ellos.

–Ya llegará tu momento –murmuró Whitney mirando a Frances.

–No, no quiero casarme. Pero si te casas con Matthew, ¿puedo ser tu dama de honor?

Whitney abrió la boca, pero volvió a cerrarla. A pesar de que quería contarle que después de aquella noche cada uno seguiría su camino, no pudo evitar recordar que el día anterior habían estado en el mismo sitio del altar en el que estaban Jo y Phillip en aquel momento.

–No voy a casarme con Matthew.

–Lástima. Me he fijado en cómo te mira. Matthew nunca ha mirado a nadie de esa manera.

Whitney suspiró. Así que los demás se habían dado cuenta.

–¿De qué manera? –preguntó una voz a sus espaldas.

Se volvieron al oír la voz de Matthew. Whitney perdió el equilibrio, pero Matthew la sujetó antes de que pudiera caerse.

–Hola.

Whitney respiró hondo. Quería decirle que lo había echado de menos, que quería pasar aquella última noche con él y que era el hombre más guapo que había visto en su vida. Pero no tuvo ocasión.

–Así –dijo Frances con regocijo.

–Frances, ve y asegúrate de que Byron no se mete en problemas.

Frances puso los ojos en blanco.

–De acuerdo, ya me voy, pero no es él el que me preocupa –comentó y se marchó.

–Estás muy guapo.

–Tú también.

–Te besaría, pero…

–Sí, la pintura de los labios. Nos van a llamar para más fotos.

Solo tenían unos segundos, pero deseaba más. Quería pasar la noche en sus brazos y luego, tenía que encontrar la manera de olvidarse de él.

–Matthew…

–Whitney… –dijo él a la vez.

Ambos rompieron a reír. Antes de que pudiera decirle lo que quería, el fotógrafo los llamó.

–¿El padrino y la dama de honor?

–Hablaremos en la recepción, ¿de acuerdo? –dijo Matthew ofreciéndole su brazo.

Ella se limitó a asentir mientras avanzaban por el pasillo hacia los novios.

Por suerte, Whitney no tropezó.

Capítulo Dieciséis

Todo salió conforme al plan. Después de las fotos en la capilla, todos se fueron a un parque cercano y se siguieron haciéndose fotos entre árboles cubiertos de nieve.

Matthew, sin disimular lo que sentía por ella, no dejó de rodearla con sus brazos mientras el fotógrafo hacía su trabajo.

Por su parte, a su familia le parecía bien.

–La situación está bajo control, ¿verdad? –había sido el comentario de Chadwick.

–Por supuesto –había respondido.

Porque, por el momento, así había sido.

–¿Estás bien? –susurró Matthew a Phillip mientras esperaban en el altar.

Se había dado cuenta de que su hermano estaba inquieto.

–¿Por qué va todo tan despacio? –dijo Phillip, mientras Frances avanzaba lentamente por el pasillo.

–Aguanta el tipo y sonríe. Recuerda que hay cámaras grabando.

Matthew echó un vistazo a la capilla. La madre de Phillip ocupaba un puesto de honor al frente, aunque había preferido no sentarse con la familia de Jo. Lo cual, no le sorprendía en absoluto Eliza Beaumont reunía de todo lo que tuviera que ver con la familia Beaumont, empezando por Matthew.

Pero Phillip había querido que su madre estuviera en su boda y Matthew lo había conseguido, por lo que la mujer estaba sentada en la primera fila ignorando a todo el mundo.

En aquel momento era Serena la que se dirigía hacia el altar.

–Está preciosa –susurró Chadwick, al otro lado de Matthew–. Tengo que reconocer que me sorprende que hayas organizado todo esto.

–No seas gafe.

Serena se quedó al lado de Frances, y siguieron esperando.

Matthew vio a Whitney al lado de las puertas.

«Vamos, cariño. Un pie detrás de otro. Todo saldrá bien».

Entonces, la música empezó a sonar. Dio el primer paso y se detuvo. El segundo y se detuvo. Caminaba con firmeza. Parecía deslizarse por el pasillo como si hubiera nacido con un ramo en las manos y una sonrisa en la cara. Mantuvo la mirada fija él durante todo el tiempo.

Estaba preciosa, simplemente perfecta. Pero también la mujer que había visto en pijama había estado perfecta.

¿Cómo iba a dejar que se fuera?

Llegó al altar y ocupó su puesto. Se la veía contenta y tenía que reconocer que él también lo estaba.

Había un momento que debía de ser de silencio antes de que la música cambiara a la *Marcha nupcial* y Jo hiciera su entrada.

Pero no había silencio. Un murmullo surgió entre los invitados. Allí estaba la flor y nata de Dénver: músicos, actores y famosos.

Entonces lo oyó.

–... Whitney Wildz?

–¡...vaya pelo!

Se oyeron otros comentarios y los clics de las cámaras.

Miró a Whitney. Seguía sonriendo, pero ya no lo hacía con la naturalidad de hacía un momento. Se le había congelado la expresión. Quería decirle que todo saldría bien.

La música empezó a sonar con fuerza, acallando los comentarios y los clics. Todos se pusieron de pie y se volvieron hacia la entrada. Betty trotaba por el pasillo junto a la hija de uno de los empleados de la cervecera, que iba dejando caer pétalos al suelo. Aquel diminuto burro, con una cesta y una corona de flores alrededor de las orejas, no era capaz de desviar la atención de Whitney Wildz. La gente, con sus teléfonos en mano, no paraba de hacerle fotos.

Jo avanzó por el pasillo del brazo de sus padres. Matthew aprovechó para tomar los anillos del pequeño cojín que llevaba Betty y Richard aprovechó para llevarse al animal antes de que empezara a mordisquear los adornos florales.

Cuando volvió a su puesto en el altar, Matthew cruzó la mirada con Whitney mientras Jo ocupaba su lugar. Le hizo un gesto de ánimo, confiando en que lo entendiera.

«Ignóralos, no les hagas caso. No dejes que se salgan con la suya».

Esta vez, cuando la música paró, el cuchicheo era aún mayor. El oficiante se colocó en su sitio antes que los novios. Jo le entregó su ramo a Whitney.

Cada vez había más jaleo. La gente ni siquiera se molestaba en susurrar. Matthew quiso gritarles que se callaran, pero lo mejor era ignorar aquellos comentarios.

–Matthew –susurró Chadwick.

Matthew sabía lo que su hermano mayor estaba pensando. ¿Era esa manera de controlar la situación?

El oficiante empezó a hablar del amor y del compromiso, pero tuvo que detenerse y levantar la voz para hacerse oír.

Matthew mantuvo la atención en la feliz pareja y en Whitney. Parpadeaba muy rápido, pero mantenía la sonrisa en sus labios. Aunque no lo miraba, sabía muy bien lo que estaba pensando.

Era lo mismo que había pasado en el restaurante. Sin hacer nada, había provocado involuntariamente una tormenta en los medios. Estaba convencido de que si consultaba las redes sociales, Whitney era uno de los temas más comentados en ese momento.

Entonces, por el rabillo del ojo percibió movimiento en el pasillo. Sin volverse y como mejor pudo, miró.

La gente se estaba levantando y saliendo de los

bancos, sosteniendo las cámaras y los teléfonos en alto. Todos querían una foto de Whitney, de quien creían que era Whitney Wildz.

–Un poco de silencio –dijo el oficiante–. Silencio, por favor.

Fue entonces cuando Whitney se volvió hacia él, asustada. Tenía los ojos llenos de lágrimas y su respiración se estaba acelerando.

–Lo siento.

A pesar del jaleo, pudo leer sus labios.

–No –dijo Matthew.

Pero no pudo oírlo. Le dio a Serena el ramo de Jo y salió corriendo.

–¿Señorita Maddox?

El carruaje esperaba ante la capilla a los recién casados. Les había estropeado la boda. Le costó reconocer al cochero, uno de los mozos que trabajaba en el rancho.

–¿Todo bien?

No, nada estaba bien, y tampoco sabía cuándo iba a estarlo.

La nieve empezó a caer sobre sus hombros desnudos. Ni siquiera se había molestado en recoger su capa, pero no iba a volver dentro. Iba a irse a su casa, de vuelta a su rancho y a su vida solitaria. Ese era su sitio. Había estropeado la boda de Jo, su mejor y única amiga. No se había tropezado ni se le había caído el ramo. Simplemente, había sido ella misma. Se rodeó con los brazos por la cintura y se alejó caminando del carruaje. No sabía qué hacer.

–¿Señorita Maddox? –la llamó el cochero, pero lo ignoró.

Necesitaba volver al rancho, recoger sus cosas e irse. Caminaría hasta la calle principal y tomaría un taxi.

La nieve caía cada vez con más fuerza. Cada copo parecía morderle los hombros desnudos. Era como si quisieran infligirle un castigo, por otro lado merecido.

Había hecho todo lo posible por pasar desapercibida en la boda, incluso había intentado convencer a Matthew para que la dejase cambiar el color de su pelo. Pero no lo había conseguido. Siempre sería Whitney Wildz. Cada vez que se convencía de que no lo era, de que podía ser quien quisiera, eso era lo que pasaba. Si no acababa dolida, acababa haciendo daño a personas a las que quería. Como a Jo o a Matthew.

Ni siquiera podía pensar en él sin sentir dolor. Le había dicho que echaría a perder la boda, pero se había mostrado seguro de que no sería así. Se había mostrado convencido de que sería una boda perfecta. Era un hombre acostumbrado a salirse con la suya. Le había dado la oportunidad de demostrar a todos que era Whitney Maddox y durante un breve instante, lo había conseguido.

Había sido solo una ilusión que ambos se habían creído. Seguramente la estaría odiando. Ella era la prueba de que no podía controlarlo todo.

Resbaló, pero evitó caerse. Las aceras empezaban a estar resbaladizas y aquellos zapatos solo estaban pensados para caminar sobre alfombra. Oía el ruido del tráfico cada vez más cerca mientras caminaba con dificultad. Cuando más se alejara de la boda, mejor.

Sintió un vuelco en el estómago. Esperaba que Jo y Phillip pudieran acabar casándose. ¿Y si la ceremonia acababa en una pelea?

Acababa de llegar a la calle principal cuando oyó que la llamaban.

–¿Whitney?

Era Matthew. No podía volverse y ver su decepción.

Sacudió las manos, esperando que apareciera un taxi. No dejaría de caminar hasta que consiguiera uno.

–Whitney, cariño, espera –oyó que gritaba.

Se estaba acercando. Aceleró el paso y patinó. Pensó que sería capaz de recuperar el equilibrio, pero volvió a resbalarse y empezó a caer. Quizá alguien le hiciera una foto y acabara publicada.

Pero en vez de caerse, acabó en sus brazos. La calidez de su cuerpo contrastaba con el ambiente gélido.

–Suéltame –dijo, tratando de apartarse de él.

–Cariño, vas a congelarte. Ni siquiera llevas la capa.

–¿Qué más da, Matthew? He estropeado la boda, ya lo has visto. Tú y yo sabíamos que esto iba a pasar. ¿Por qué he permitido que ocurriera?

Él la rodeó y la obligó a mirarlo.

–Porque eres Whitney Maddox, maldita sea. Me da igual Whitney Wildz. Tú eres suficiente para mí.

–Ambos sabemos que no es así. No puedo ser la

mujer perfecta que quieres. Nunca podré ser perfecta.

–Lo eres –afirmó con rotundidad–. Y no has estropeado la boda. Ha sido esa gente, no tú.

Ella sacudió la cabeza, pero antes de que pudiera decir nada más, se oyeron unos gritos llamándola.

–¡Whitney! ¡Whitney!

Un taxi paró ante ellos.

–¿Necesita un taxi, señorita? –preguntó el conductor.

–Yo me ocuparé –anunció Matthew, y la envolvió con la chaqueta de su esmoquin–. Déjame hablar. Lo solucionaré.

Quería creerlo. Quería que la protegiera, que la salvara de sí misma.

Pero no podía permitir que tirara por la borda todo por lo que tanto había trabajado solo por ella. No merecía la pena.

Antes de que apareciera la prensa, se metió en el taxi y cerró la puerta. Matthew se quedó allí, como si hubiera recibido una puñalada. Le resultaba tan doloroso mirarlo, que se volvió hacia el taxista.

–¿Adónde, señorita?

–¿Puede llevarme al rancho Beaumont, a las afueras de la ciudad?

El taxista la miró, antes de volverse hacia Matthew y los periodistas.

–¿Puede pagar?

–Sí.

Capítulo Diecisiete

Matthew deseaba dar un puñetazo a alguien.

El taxi de Whitney salió a toda velocidad, haciendo patinar las ruedas en el resbaladizo pavimento. Los periodistas que había invitado a la boda lo rodearon.

–Matthew, háblanos de Whitney.

–Matthew, ¿sabes si Whitney ha estado bebiendo antes de la boda? ¿Puedes confirmar que Whitney Wildz estaba borracha?

–¿Ha tomado drogas?

–¿Hay algo entre tú y ella?

–¿Está esperando un bebé? ¿Quién es el padre, tu hermano Byron? ¿Es por eso que tiene un ojo morado? ¿Acaso os habéis peleado por ella?

–Damas y caballeros –dijo Matthew, aunque para él no eran más que animales carroñeros.

El grupo de periodistas se acercó más, le pusieron los micrófonos en la cara y empezaron a grabar. Por un momento, recordó aquel día en la universidad en el que le preguntaron por aquellas fotos de su padre con los pantalones por los tobillos.

Nadie le había pedido que se ocupara de la imagen pública de los Beaumont. Era algo que se había encontrado y, como se le había dado bien, lo había seguido haciendo. Así era como se había ganado su puesto en la familia. Porque defendiendo a su padre, a sus hermanos y a sus madrastras, se había convertido en un Beaumont.

«Descubre quién serías si no fueras un Beaumont».

Matthew recordó el comentario de Phillip. Si ser un Beaumont suponía dejar a Whitney a merced de aquellos carroñeros, ¿sería capaz de hacerlo? ¿Quería hacerlo?

No, no era eso lo que quería. ¿No le había pedido a Byron que llamara la atención de la prensa?

«¿Quién soy para ti?».

Recordó que le había hecho esa pregunta en el coche, justo antes de atarla a la cama.

Era Whitney Maddox, pero también Whitney Wildz. Al igual que él era Matthew Beaumont a la vez que Matthew Billings. Aquel pequeño niño siempre había estado a su lado, amenazándolo con volver a convertirlo en un don nadie.

Porque si no era un Beaumont, ¿quién era? Siempre había pensado que la respuesta era un don nadie, pero ahora...

¿Quién era él para ella?

Era Matthew Beaumont. Ser un Beaumont implicaba despreocuparse de lo que la gente pensara de él, incluida su familia. Era pasar de lo que la prensa dijera.

Ser un Beaumont era hacer lo que quería cuando quería. ¿No era eso lo que estaba detrás de todos aquellos escándalos que había ocultado bajo la alfombra durante años?

Volvió a mirar a todos aquellos periodistas que

tenía a su alrededor. Por primera vez en su vida, le daban igual los titulares.

–Damas y caballeros –repitió–. No tengo nada que decir.

Todos se quedaron en silencio. Matthew sonrió, antes de volverse y llamar a un taxi. Por suerte, había uno cerca.

–¿Adónde?

¿Quién era y qué quería?

A Whitney. Tenía que conseguirla

–Al rancho Beaumont, al sur de la ciudad.

El taxista emitió un silbido.

–Eso va a costarle.

–No importa –dijo, y con una sonrisa, añadió–: Soy un Beaumont.

Capítulo Dieciocho

–¿Señorita Maddox? –le dijo el guarda de la verja al verla en el taxi–. ¿Va todo bien?

Estaba harta de que le hicieran esa pregunta.

–Tengo que pagar el taxi y no llevo dinero encima, lo tengo en la casa.

Se estremeció. El taxista subió la calefacción, pero no sirvió para nada. La chaqueta de Matthew no era suficiente para hacerla entrar en calor. Cada vez nevaba más y el taxista no parecía muy contento ante la idea de tener que volver a su casa en aquellas condiciones.

El guarda se quedó mirándola preocupado, antes de volverse hacia la garita.

–Voy a pagar al conductor y luego la llevaré a la casa en la camioneta. Espéreme aquí dentro.

Ya casi estaba en la casa. Aquel amable guarda la llevaría hasta allí. Se quitaría el vestido y se pondría su ropa. En veinte minutos podría hacer la maleta y entonces...

Si se iba inmediatamente, podría estar en su casa al mediodía del día siguiente. Volvería junto a sus animales y al loco de Donald, y a ninguno de ellos le importaría que hubiera echado a perder la boda de los Beaumont. Volvería a la seguridad de la soledad.

El guarda volvió con una camioneta y la ayudó a meterse en el asiento del copiloto. No le dijo cuánto había pagado al taxista, pero por supuesto que se lo devolvería.

–Me voy a casa esta noche –le dijo cuando se bajó para abrirle la puerta de la casa.

–Señorita Maddox, creo que no debería...

–Sé conducir con nieve –mintió.

–Pero...

–Muchas gracias –le interrumpió, negándose a escuchar.

Se estaba comportando como una diva, pero no pudo evitarlo.

Se fue directa a su habitación, se cambió y empezó a meter sus cosas en sus bolsos de viaje. Ya tendría tiempo en casa de quitar las arrugas.

El vestido estaba tirado en el suelo, como si hubiera caído en acto de servicio. Se había sentido glamurosa, segura y sexy con él.

Lo recogió y lo dejó sobre la cama. Luego hizo lo mismo con la chaqueta del esmoquin.

Los bolsos pesaban y, como no había tenido cuidado metiendo las cosas, estaban muy abultados. Estaba bajando los escalones cuando oyó la puerta abrirse.

–¿Whitney?

Oh, no, Matthew. Justo entonces, se le escapó el asa de una de las bolsas y se le cruzó por los pies. De repente, tropezó y fue a dar en sus brazos una vez más.

Antes de decirle que lo sentía, la besó. Tenía el pelo y la camisa mojados, y la abrazó tomándola por la cintura.

Estaba tan sorprendida que lo único que pudo hacer fue quedarse mirándolo fijamente.

Matthew se apartó, pero no la soltó. Ni siquiera la dejó en el suelo. Se quedó abrazándola como si su vida dependiera de ello.

Necesitaba alejarse de sus brazos y volver a convertirse en la invisible Whitney Maddox, pero no podía. Deseaba sentirse alguien especial unos minutos más.

–¿Adónde vas? –preguntó Matthew al reparar en su equipaje.

–A casa –respondió–. Mi sitio no está aquí.

No quería llorar. Las lágrimas no resolvían nada.

–Eso no es cierto.

–¿Por qué estás aquí? ¿Por qué no estás en la boda?

Sin poder evitarlo, le acarició la mejilla. Quizá fuera la última vez que estuviera en sus brazos.

–He tenido una revelación –contestó, apoyando la frente en la suya–. Creo que no soy un buen Beaumont.

–¿Cómo?

Le había contado lo difícil que había sido ganarse su puesto en aquella familia. ¿Por qué decía eso?

–Eres un hombre increíble, siempre preocupado por los demás. Has organizado una boda fabulosa, hasta que he llegado yo y lo he echado todo a perder.

Matthew esbozó una sonrisa cansada, a la vez que feliz, pero no la soltó.

–A un Beaumont no le importa lo que piensen los demás ni lo que publique la prensa. Un Beaumont haría lo que le diera la gana cuando le diera la gana. Así son los Beaumont y yo nunca he hecho nada de eso, ni siquiera una vez. No me he dado cuenta hasta que te he conocido.

–¿Qué?

–Sí, por primera vez en mi vida he hecho algo porque he querido, sin importarme la prensa –dijo acariciándole el pelo–. Me he enamorado de ti.

El corazón se le paró. Todo se paró. ¿Acababa de decir que estaba enamorado de ella?

–Yo... ¿Quién soy para ti?

–Eres una mujer inteligente, agradable y considerada, que cuando se pone nerviosa se vuelve patosa. Serías capaz de arriesgar tu vida por tus amigos.

–Pero...

–Y eres muy guapa y muy sexy, y no puedo contenerme cuando estoy a tu lado. No puedo dejar que te vayas porque acapararía titulares.

Los titulares serían crueles. Probablemente serían los peores de su vida. La imagen pública de los Beaumont quedaría por los suelos, y todo debido a ella.

–Tu familia... lo he arruinado todo –susurró.

–Has generado una noticia, eso es todo. Y no hay nada que pueda considerarse mala publicidad.

–¿Qué?

–No permitas que jueguen contigo, Whitney, no permitas que un supuesto escándalo nos separe.

–Pero... pero tu vida está aquí. Y yo necesito el sol. Tú mismo lo dijiste.

–Los Beaumont están aquí –la corrigió–. Y ya hemos quedado en que no soy un Beaumont.

–¿Qué estás diciendo?

–¿Quién soy yo? Si no soy un Beaumont, ¿quién soy para ti?

–Eres Matthew. Nunca me ha importado tu apellido, sea Billings o Beaumont. Vine aquí pensando en que sería agradable conocer a un hombre que me mirara sin ver a Whitney Wildz, un hombre que me hiciera sentir sexy y deseada, que me hiciera recuperar la confianza.

–¿Y?

–Y ese hombre eras tú –dijo con una sonrisa tímida en los labios–. Pero ahora la boda ha acabado y no puedo ser otro quebradero de cabeza para ti, Matthew. Nunca seré perfecta y lo sabes.

–Lo sé, pero no busco la perfección. Puedo intentar ser un auténtico Beaumont hasta el día en que me muera, pero no lo conseguiré. Eso lo he aprendido contigo.

–Me alegro de haberte ayudado.

–Déjame ser parte de tu vida, Whitney, deja que te sujete cada vez que te caigas y sujétame tú a mí cuando tropiece.

–Pero la prensa, los titulares...

–No importan. Lo único que importa es lo que tú y yo sabemos. Y lo que sé es que nunca me había enamorado antes, porque pensaba que enamorándome perdería algo, dejaría de ser yo, de ser un Beaumont. Tú me has enseñado que soy más que un apellido.

Whitney se estremeció al oír sus palabras. Las

lágrimas que había estado conteniendo, empezaron a rodar por sus mejillas.

–No esperaba encontrarte, ni enamorarme de ti. Pero no sé cómo hacer esto y no quiero estropearlo más de lo que ya lo he estropeado.

–No lo harás, y como lo hagas, te ataré a la cama –dijo él sonriendo–. Haremos que esto funcione porque no voy a dejar que te vayas. Siempre serás mi Whitney. Aunque estaba pensando que quizá te gustaría tener un nuevo apellido.

–¿A qué te refieres?

–Cásate conmigo.

–Sí, oh, Matthew –dijo rodeándolo por el cuello–. Tú me ves como realmente soy. Eso es lo que siempre he querido.

–Te quiero como eres –sentenció tomándola en brazos y subiendo la escalera hacia su habitación–. ¿Me quieres?

–Siempre, te querré siempre.

No te pierdas, *Traiciones y secretos*,
de Sarah M. Anderson
el próximo libro de la serie
Los herederos Beaumont.
Aquí tienes un adelanto...

–Este sitio es asqueroso –sentenció Byron Beaumont.

Sus palabras resonaron en las paredes de piedra.

–No lo veas cómo está –le dijo su hermano mayor Matthew desde el altavoz de su teléfono.

Era más fácil para Matthew hacer una llamada que viajar a Dénver desde California, donde estaba viviendo felizmente en pecado.

–Imagínate en lo que se puede convertir.

Byron giró lentamente a su alrededor inspeccionando aquel lugar abandonado, tratando de no pensar en que Matthew, así como el resto de sus hermanos mayores, estaban felizmente casados o emparejados. Hasta no hacía mucho, los Beaumont no habían tenido ningún interés por sentar la cabeza, al contrario que él, que siempre había pensado que acabaría casándose.

Entonces, todo le había explotado en la cara. Y mientras él se había estado lamiendo las heridas, sus hermanos, todos ellos adictos al trabajo y mujeriegos, se habían ido emparejando con unas mujeres estupendas.

Una vez más, Byron era el que no se ajustaba a lo que se esperaba de los Beaumont.

Se obligó a prestar atención al local. El techo

era abovedado y, allí donde no había arcos, era bastante bajo. Había telarañas por todas partes, incluyendo la bombilla que colgaba del centro de la estancia y que llenaba de sombras los rincones. Los enormes pilares que soportaban los arcos estaban uniformemente distribuidos, ocupando una gran superficie del espacio. Una capa de polvo cubría las ventanas de media luna y lo que se veía por ellas era maleza. Aquel sitio olía a moho.

–¿En qué se puede convertir? Esto hay que demolerlo entero.

–No –dijo Chadwick Beaumont, el hermanastro mayor de Byron, tomando a su hija de brazos de su esposa–. Estamos justo debajo de la destilería. Originalmente era un almacén, pero estamos convencidos de que puedes darle un uso mejor.

Byron resopló. Él no lo tenía tan claro.

Serena Beaumont, la esposa de Chadwick, se acercó a Byron para que Matthew pudiera verla por el teléfono.

–Cervezas Percherón ha tenido un gran lanzamiento gracias a Matthew. Pero queremos que esta destilería ofrezca algo más que cerveza artesana.

–Tenemos que poner la vieja compañía en el lugar que le corresponde –dijo Matthew–. Muchos de nuestros antiguos clientes lamentan cómo la cervecera Beaumont fue arrancada de nuestra familia. Cuando más crezca Cervezas Percherón, más fácil nos será recuperar nuestra antigua clientela.

Secretos de cama
Yvonne Lindsay

La princesa Mila estaba prometida con el príncipe Thierry, y aunque apenas se conocían pues solo se habían visto una vez años atrás, se había resignado a casarse con él para asegurar la continuidad de la paz en su reino. Un día tuvieron un encuentro fortuito y él no la reconoció, y Mila decidió aprovechar para hacerse pasar por otra persona para conocerlo mejor y seducirlo antes del día de la boda.
La química que había entre ellos era innegable, pero Thierry valoraba el honor por encima de todo, y Mila le había engañado.

El engaño de Mila podía destruir sus sueños y el futuro de su país...

¡YA EN TU PUNTO DE VENTA!